Couvertures supérieure et inférieure
en couleur

COUVERTURES SUPERIEURE ET INFERIEURE D'IMPRIMEUR

# La fête du Village

DEFET D'IMPRIMERIE TROUVE DANS LA RELIURE

La durée de chaque sonnerie, soit religieuse, soit civile, ne pourra excéder dix minutes pour les cérémonies ordinaires et trente minutes pour les cérémonies solennelles. — Sont assimilés aux cérémonies solennelles les cas prévus par l'article 4.

## ART. 7.

La sonnerie des cloches en volée est interdite pendant les orages.

## ART. 8.

Dans les cas où en raison de l'état de solidité du clocher, le mouvement des cloches présenterait un danger réel le Maire, pourra, sur l'avis conforme d'un architecte, et après en avoir référé au Préfet,

# LA FÊTE DU VILLAGE

## In-12 3ᵐᵉ Série

*316*
*87*

Michel.

# LA
# FÊTE DU VILLAGE

ou

## L'ORGUEILLEUX PUNI

PAR

### Mme JUNOT D'ABRANTÈS

## LIMOGES

Marc Barbou & Cie, Imprimeurs-Libraires

Rue Puy-Vieille-Monnaie

# LA FÊTE DU VILLAGE

—

Le soir d'une belle journée d'été, un groupe de petits garçons joyeux et sans souci, comme on l'est à cet âge, s'était établie sous un beau tilleul, pour se reposer du jeu auquel ils venaient de se livrer, et causaient ensemble en se faisant de temps en temps quelques niches. Tantôt l'un faisait voler la casquette de l'autre en l'air, tan-

tôt ils se bousculaient, et riaient aux éclats
lorsque l'un ou l'autre de la bande roulait par
terre et se trouvait comme enseveli sous ses
camarades, qui le frappaient, le harcelaient à
qui mieux mieux. Mais l'un d'eux paraissait
avoir acquis quelque supériorité sur les autres
et se donnait l'air du chef de la bande. Ce qu'il
voulait passait ordinairement en loi pour le
grand nombre. Il portait des habits de drap
fin; à son gilet brillaient des boutons d'argent;
son linge était blanc et soigné; ses mains délicates prouvaient qu'il ne travaillait pas à la
terre, et sa figure n'était pas noircie par le
soleil comme celles de ses camarades. Il aurait
pu passer pour un joli enfant si un regard mo-
queur et un front qui reflétait l'orgueil de son
âme ne l'eussent étrangement défiguré.

Il paraissait connaître l'empire qu'il exerçait
sur les autres : c'était lui qui indiquait les jeux,
qui prononçait sur les discussions qui s'élevaient
de temps en temps parmi ses camarades ; il
interrompait souvent le bavardage des autres,

leur imposait silence quand ils voulaient parler voulait toujours avoir raison lors même qu'il avait tort. Son autorité dégénérait souvent en tyrannie ; mais les autres le supportaient parce qu'il était plus riche qu'eux, le plus riche de tous les enfants du village, le fils d'un gros meunier, dont l'aisance avait passé en proverbe dans toute la contrée. Ce que les enfants témoignaient au fils, les habitants de la commune le rendaient au père.

— Silence donc, les bavards! s'écria Berthold (c'était le nom du petit tyran), et écoutez ce que je vais vous dire. Dans huit jours on célèbrera la fête de notre village. Mon père et ma mère s'occupent déjà des préparatifs de cette belle journée. Vingt oies, trente canards et quarante poules seront tués dans notre maison ; quinze lièvres, un chevreuil, des perdrix, des faisans, ont été commandés ; six jambons sont prêts. Mon père destine deux sacs de la plus belle arine pour faire de la pâtisserie, et ma mère

1.

prépare la plus belle crème pour faire d'excel‑
lent beurre. Un tonneau de vin du Rhin est en
route pour nous. Je ne parle pas de trois sortes
de bière que nous avons à la cave depuis le
mois de mars.

» On fera des pâtés, des tartes, des biscuits,
des massepains, des macarons et autres dou‑
ceurs pareilles en quantité, afin que cette fête
soit dignement célébrée chez nous ; car vous
savez que nulle part on ne célèbre mieux la fête
que dans notre moulin, et mes parents veulent
conserver cette année encore leur ancienne répu‑
tation. Mon père a déjà invité beaucoup de
convives : le bourgmestre avec toute sa famille,
le juge du canton, le bon aubergiste de Bois‑
fontaine, qui apportera quelques bouteilles de
son vin exquis : mais il ne viendra personne du
château, car le vieux comte vient de mourir,
comme vous savez, et puis mon père ne connaît
encore aucun des gens du nouveau seigneur
qui l'a remplacé. N'importe ! ce sera un jour,
diable ! comme on n'en aura pas vu de long‑

temps au village. » Et, d'un air de jubilation et
de triomphe, Berthold jeta un regard de curiosité sur les figures ébahies de ses camarades
pour y lire l'impression que cette pompeuse
annonce y avait produite.

Ceux-ci étaient là immobiles comme des sta-
tues et avaient écouté, la bouche béante et dans
le plus grand silence, le programme de cette
fête ; tout en admirant les richesses du meunier, qui pouvait en un seul jour dépenser ce
que leurs parents n'auraient pas dépensé en
deux ans, ils ne pouvaient s'empêcher d'envier
son bonheur. Berthold reprit quelques moments
après :

— Pour vous procurer aussi un peu de plaisir et vous prouver que je vous aime, vous qui
êtes mes amis, j'ai demandé hier à ma mère de
me céder pour ce jour-là le petit jardin qui est
derrière le moulin. Il touche à une belle prairie
qu'on vient de faucher et le long de laquelle
coule la rivière, bordée d'aunes et de saules.
C'est là que nous nous établirons pour nous

amuser comme il faut, soit en jouant aux quil-
les, soit à d'autres jeux ; puis nous ne manquerons pas de nous régaler aussi : nous aurons du
jambon, du canard, du pâté, de la tarte et d'autres douceurs et de la bière, et puis nous nous
en donnerons, ah !

Ces dernières paroles furent accueillies par
un hourras de bravos que poussèrent les petits
garçons.

— Tu es un bon ami, un excellent enfant! tu
as pensé à nous, c'est bien ! Vive notre ami
Berthold ! Nous irons tous au jardin, nous nous
amuserons bien. Et ils se mirent à bondir comme des cabris, à jeter en l'air bonnets, vestes,
bâtons, souliers, tout ce qu'ils trouvaient sous
la main.

Ensuite ils reprirent leurs places et commen-
cèrent à deviser sur les jeux auxquels ils se
livreraient ce jour-là. L'un voulait tel amuse-
ment, l'autre tel autre ; l'un proposait tel jeu,
l'autre tel autre : pour les mettre d'accord,
Berthold leur imposa silence. Et reprenant la

parole d'un ton de protecteur : « Il ne faut pas
vous imaginer, mes amis, leur dit-il, que ce fut
chose si facile que de décider ma mère à donner
son consentement au plan que je lui avais pro-
posé ; d'abord elle n'en voulait rien entendre.
— Reste avec nous, me disait-elle, tu te trouve-
ras en meilleure société qu'avec ces polissons
du village. » Mais je lui répondis : — Vous dites
souvent, ma mère, qu'il faut que les gens
sachent que le meunier est un homme riche, et
que sa femme n'était pas une mendiante non
plus quand elle l'épousa. Eh bien ! il faut que
les enfants sachent aussi que Berthold est le
fils d'un homme riche et d'une mère qui ne le
lui cède pas. Tout comme le père est le premier
et le plus riche du village, de même le fils doit
montrer, par sa générosité, qu'il est le premier
d'entre les enfants de la commune et qu'il les
surpasse tous. Ainsi ne regrettez pas un peu
d'argent ; quelques florins de plus ou de moins,
cela ne fera rien : tout me reviendra également
un jour, puisque vous n'avez pas d'autre enfant

que moi. » Elle a fini par consentir à ma demande. Oh ! que nous allons nous amuser !

Et de nouveaux bravos témoignèrent au petit
orateur combien ses camarades savaient appré-
cier son éloquence, qui avait triomphé de la
résistance de sa mère. Berthold reçut ces témoi-
gnages d'amour avec un air de contentement
qui, joint à son langage, prouvait que la vanité
et l'orgueil s'étaient déjà glissés dans son cœur.
Il était là, au milieu de ses amis, comme un
seigneur au sein de ses vassaux, et paraissait
doublement fier de l'empire qu'il exerçait sur
eux.

La petite société allait se lever pour recom-
mencer un jeu lorsqu'un chat vint à traverser
la prairie.

— Voyez-vous, s'écria Berthold avec fureur
cette mauvaise bête qui passe par là ? Que
vient-il faire ici ce vilain chat ? Il vient sans
doute dénicher quelques oiseaux. Il faut lui donner la chasse et le prendre !

Les polissons se précipitèrent sur le pauvre

animal; Berthold était à leur tête. Le chat, poursuivi, traqué, cherche en vain à se dérober par la fuite; il se voit bientôt cerné de toutes parts et ne peut plus échapper.

— Donnez-moi cet animal, s'écria Berthold, nous allons lui faire son procès et le tuer. Tout se révolte en moi quand j'aperçois une de ces bêtes malfaisantes et fausses : nous allons lui attacher une pierre au cou et le jeter dans la rivière.

Ce fut l'affaire d'un moment, et le chat fut traîné vers la rivière avec une grosse pierre au cou, et pouf..., le voilà dans l'eau aux grands éclats de rire de la bande joyeuse. Mais, comme, dans la précipitation, on n'avait pas bien attaché la corde, l'animal, en se débattant, s'était débarrassé de la pierre et essayait de se sauver à la nage; alors les polissons prirent des pierres et les lui jetèrent avec une telle fureur qu'ils l'auraient nécessairement tué si, au même moment, un autre garçon du village ne se fût présenté sur l'autre bord de la rivière. Touché de

pitié pour le pauvre animal, celui-ci, méprisant
les railleries et les cris des autres, prit son
bâton, descendit sur la rive, et parvint enfin,
après bien des efforts et malgré les pierres
qu'on ne cessait de lancer, à retirer le chat de
l'eau.

— Tu viens toujours entraver nos plaisirs,
toi, vilain gars de Michel, s'écria Berthold,
furieux, remets ce chat dans l'eau afin que nous
puissions l'achever, et passe ton chemin; tu n'as
rien à faire ici.

— Est-ce là un plaisir de tourmenter les animaux? Voyez un peu comme ce pauvre chat
tremble de tous ses membres! Quel mal vous
a-t-il fait? dit Michel.

— Nous n'avons pas de compte à te rendre de
notre conduite; s'il nous a plu de jeter cet animal à l'eau, cela ne te regarde nullement;
cependant nous te pardonnons cette sottise si tu
nous lâches ce chat; bien plus, je t'inviterai à
venir dîner et à t'amuser avec nous le jour de
la fête du village, entends-tu bien cela? Tu

pourras faire ce jour-là un bon repas, toi qui en fais ordinairement de si maigres.

— Non, répondit Michel à l'arrogant fils du meunier, je ne remettrai pas ce chat dans la rivière ; car vous le tueriez à coups de pierres, et ce serait là un péché. Quant à ton invitation, je la refuse : tu sais que nos chiens ne chassent pas ensemble.

— Tiens ! tiens ! reprit Berthold, transporté de colère, comme cet insolent me répond ! Eh bien ! garde ton chat et porte-le chez toi pour le nourrir avec ton griffon, ce chien galleux que tu as aussi recueilli l'autre jour. Tu pourras mettre ces animaux en broche et les rôtir le jour de la fête ; tu auras au moins de quoi dîner aussi pendant que nous nous amuserons.

A ces paroles, le rouge monte à la figure de Michel.

— Berthold, dit-il, tu m'insultes ! Si tu avais un bon cœur, tu ne me reprocherais pas ma pauvreté. Sans doute mes parents ne sont pas riches, mais ils n'ont jamais rien demandé à

personne, pas même au riche meunier. Ce sont
des gens pauvres mais honnêtes ; mes habits ne
sont pas d'un drap aussi fin que les tiens, ils
sont raccommodés, mais non déchirés ; et puis,
tu n'es pas mieux portant et plus robuste, tout
en mangeant du rôti, que je ne le suis, moi,
avec une soupe à l'eau, et à l'école j'apprends
aussi bien et même mieux que toi ; puis le bon
Dieu est le père des pauvres comme des riches :
c'est ce qui me console dans ma pauvreté,
vois-tu ?

Ces dernières paroles, prononcées avec l'ac-
cent d'une profonde conviction religieuse furent
accueillies par les huées de l'insolent Berthold,
auxquelles se joignirent encore celles de ses
camarades. Michel, voyant qu'il ne gagnerait
rien à se disputer avec ces polissons, prit le
pauvre chat transi de froid, et s'en alla. Son
départ fut un triomphe pour le fils du meunier,
qui, lançant une pierre contre lui, se mit à crier :

— C'est-il un fameux ? l'ai-je fait enrager, ce
maraud-là. Attendez ! nous l'arrangerons. Il

faut qu'il vienne nous demander à genoux la faveur d'être admis dans notre petite société. Est-Il orgueilleux, ce drôle-là ! Il a l'air de se glorifier de sa pauvreté! Je n'ai fait que plaisanter en l'invitant à la fête de chez nous ; car, s'il s'était présenté, je l'aurais mis honteusement à la porte. Il a raison de dire que nos chiens ne chassent pas ensemble. Et que ferais-je en effet a côté d'un pauvre diable comme celui-là ? Il bisquera cependant quand il nous verra sur la prairie faisant bombance, buvant du café, tandis que lui aura à peine un os de chien à ronger. Je sais que chez mon père aura lieu la fête la plus brillante du village, tandis que dans la chaumière de Michel la misère sera à l'ordre du jour ; cela brisera un peu son or- gueil. »

La bande joyeuse se dirigea ensuite vers un verger dans lequel était un beau cerisier, qu'elle escalada pour le dépouiller de ses fruits, quoiqu'il n'appartint ni au meunier ni à aucun des parents dont les enfants se trouvaient avec Berthold.

Michel retourna triste et pensif à la maison. Les reproches que Berthold lui avait adressés, la pauvreté dont il lui avait fait une espèce de crime, avaient percé son cœur. Qu'en pouvait-il, lui, qu'en pouvaient ses parents d'être nés et restés pauvres malgré toutes les peines qu'ils s'étaient constamment données pour améliorer leur position ? Il se souvient alors de ce qu'il avait souvent entendu à l'école et lu dans les livres, que beaucoup de pauvres sont devenus riches, mais que beaucoup de riches sont devenus pauvres par leur faute, surtout par suite de leur orgueil.

« Dieu fasse que pareil malheur ne t'arrive, ô Berthold ! se dit Michel. Ce n'est que pour avoir notre pain quotidien, et nullement pour posséder des richesses, que nous devons prier Dieu ; si c'est dans ce dernier but que nous nous adressons à lui, nous sommes bien sûrs de n'être pas exaucés. »

La maison qu'occupaient ses parents était

petite, mais propre et commode. Elle était couverte de chaume; de grosses pierres placées entre les pignons empêchaient le vent de la démonter. Derrière elle s'étendait un petit jardin, dans lequel Christophe avait planté un joli berceau de vigne et de chèvre-feuille, et qu Michel entretenait avec soin. Les plates-bandes étaient garnies de fleurs aux plus belles couleurs; les allées, bien sablées. Dans la petite cour était une étable pour une vache, l'unique bien de Christophe.

Les parents de l'enfant étaient des gens recommandables par leur piété, leur probité et leur amour pour le travail. Christophe était journalier, et travaillait tantôt chez l'un tantôt chez l'autre. On l'aimait partout à cause de sa probité et de son activité. Sa femme, Madeleine, était laveuse, et se prêtait à tous les autres travaux de son sexe dans les ménages où elle était appelée.

Michel était leur unique consolation dans les nombreuses épreuves qu'ils avaient à supporter.

Il avait alors douze ans, et jouissait d'une excellente santé. Son front réfléchissait la candeur et
l'innocence de son âme ; les callosités de ses
mains, ainsi que la couleur rembrunie de son
teint, annonçaient qu'il aimait le travail, et qu'il
cherchait à soulager en tout ses bons parents.
Il était le modèle des enfants du village par sa
piété, sa sagesse et son éloignement pour les
mauvaises actions que se permettaient les autres enfants de la commune. Il se conduisait
toujours avec décence à l'église, ne quittait
jamais son père quand celui ci assistait aux
offices divins, apprenait très-bien à l'école, se
montrait poli envers tout le monde, et toujours
prêt à rendre tous les services qu'on lui deman-
dait. Jamais il ne sortait de chez lui, le matin,
sans avoir élevé son cœur à Dieu par une fer-
vente prière. Ses parents n'avaient pas besoin
de lui rappeler qu'il fallait prier ; il s'acquittait
de ce devoir sans qu'on lui en parlât.

Mais ce qui le distinguait sur tous les autres
enfants, c'était la bonté de son cœur et son

amour pour les pauvres : plus d'une fois il avait
partagé son pain avec les malheureux qui se
présentaient à sa porte. Souvent il faisait, sans
recevoir aucun salaire, les commissions dont
certaines personnes le chargeaient, et allait en
ville pour acheter différentes choses, montrait
le chemin aux voyageurs, portait la charge des
vieillards, faisait réciter à l'école les leçons
aux plus petits élèves avec une telle exactitude,
leur expliquait les devoirs avec une telle précision, que l'instituteur ne pouvait s'empêcher
d'en témoigner sa surprise et de dire qu'il était
pénible de voir que cet enfant, avec autant de
talents, ne pût faire ses études à cause de la
pauvreté de ses parents.

Tout le monde aimait Michel dans le village et
en faisait l'éloge, il n'y avait que de petits
polissons, en assez grand nombre dans la commune, qui n'aimassent point le fils de Christophe,
et parmi ceux-ci se distinguait, par sa haine furi-
bonde, Berthold, le petit orgueilleux, qui trouvait
toujours matière à plaisanter le pauvre enfant

sur ses habits. Mais Michel n'y fit pas attention, et l'évita quand il le rencontra. Dans le principe, cette conduite le peina beaucoup, et il prit un jour la résolution généreuse et chrétienne de désarmer son ennemi par un redoublement d'amour et d'attention ; mais, comme il s'aperçut que sa bonté était tournée en dérision et même couverte de mépris, et que Berthold prenait de là occasion de le railler et le plaisanter de plus en plus, il le laissa tout-à-fait, s'applaudit plus tard d'en avoir agi ainsi, en voyant les espiègleries que le fils du meunier et ses camarades lui faisaient sans cesse. Ainsi ils avaient, quelques mois auparavant, rencontré sur la route un jeune chien qui avait perdu son maître, et l'avaient tellement maltraité que le pauvre animal, blessé, ne put presque plus se traîner; ils l'auraient infailliblement tué si Michel ne l'eût soustrait à leur fureur eu l'enlevant et le portant chez ses parents, qui lui permirent de le soigner et de le garder.

Lors donc que Michel rentra ce soir-là avec le

chat qu'il avait de même retiré de l'eau, sa mère alla au-devant de lui pour lui demander ce qu'il apportait.

— C'est un chat que Berthold et ses camarades avaient jeté dans la rivière avec une grosse pierre au cou, et que j'ai arraché à la mort, répondit l'enfant.

— Je crois, dit Magdeleine, que c'est le chat de la vieille Lise, la vachère, qu'on a enterrée avant-hier. Le pauvre animal, n'ayant plus de maîtresse, se sera sauvé pour en chercher une autre.

Magdeleine prit le chat, l'essuya, et le coucha sur la paille pour le réchauffer. L'animal se remit bientôt, et se courba devant Magdeleine en jetant sur elle un regard de reconnaissance. Elle lui donna du pain trempé dans du lait, qu'il mangea avec avidité. Michel, que cette bonté de Magdeleine toucha et enhardit, s'approcha de sa mère.

—Voyez-vous, ma mère, dit-il, comme cette

2

pauvre bête mange de bon appétit ? Il paraît qu'elle avait bien faim. N'est-ce pas, nous pourrons la garder, sans cela elle retomberait sous les mains de Berthold, qui ne manquerait pas de la tuer.

La mère sourit.

— Michel, répondit-elle, tu sais que nous nourrissons déjà ton griffon ; et il lui faut beaucoup de pain à celui-là ! Nous verrons ce qu'en dira ton père.

Michel n'insista point, et attendit avec impatience l'arrivée de son père, qui était allé à la forêt chercher une charge de bois.

Un quart-d'heure après, Fidèle (c'était le nom du griffon) accourut, annonçant le retour de Christophe, qu'il avait devancé. A la vue du chat, nouvel hôte qu'il ne connaissait pas, il se mit à aboyer et à lui montrer les dents. Le chat crut prudent de battre en retraite devant lui, et se réfugia derrière le poêle; mais Fidèle, peu content d'avoir mis son ennemi en fuite, se préparaît à le débusquer de sa retraite, lorsque Michel, prenant son bâton, lui dit :

« Arrête, polisson : si tu t'avises de faire du mal à ce chat, je te donnerai de la bastonnade, pour t'apprendre à respecter plus faible que toi. Couche-toi vite, et ne bouge plus. »

Fidèle obéit en grommelant, et laissa le chat tranquille. Celui-ci, un peu revenu de sa frayeur, alla se promener sur le toit, comme pour explorer sa nouvelle demeure et reconnaître les trous dans lesquels les souris avaient établi leur quartier.

Lorsque le père fut rentré, Michel lui raconta tout ce que Berthold lui avait dit dans la soirée, et comment il lui avait reproché sa pauvreté; mais Christophe le consola. On voyait cependant sur ses traits qu'il se trouvait offensé de ce que le fils du meunier s'en fût pris à sa pauvreté. L'odeur des pommes de terre fumantes et du lait attira le chat, qui vint se placer devant Michel et le regarda en miaulant de temps en temps, comme pour lui dire qu'il était là aussi lui, et qu'il ne voulait pas être oublié non plus. Après le souper, la famille s'agenouilla autour du Christ et récita la prière du soir. Ensuite Christophe prit l'histoire sainte et y fit une lecture, comme cela avait lieu chaque soir avant le coucher.

« La balance trompeuse est en abomination devant le Seigneur, le poids juste est selon sa volonté. — Où sera l'orgueil, là aussi sera l'injure; mais où se trouve l'humanité, là est pareillement la sagesse. — La simplicité des justes les conduira heureusement; les tromperies des méchants seront leur propre ruine. — Les richesses ne serviront de rien au jour de la vengeance; mais la justice délivrera de la mort. — La justice du simple rendra sa voie heureuse, et l'impie fera de funeste schutes dans son impiété. — La justice des justes les délivrera, mais les méchants seront pris dans leurs propres piéges. — A la mort du méchant, il ne restera plus d'espérance, et l'attente des ambitieux périra. —Le juste a été délivré des maux qui le

pressaient, et le méchant sera livré à sa place.
— Le bonheur des justes comblera de joie
toute la ville, et on louera Dieu à la ruine des
méchants. — La ville sera élevée en gloire par
la bénédiction des justes, et elle sera renversée
par la bouche des méchants. — L'homme cha-
ritable fait du bien à son âme ; mais celui qui
est cruel rejette ses proches mêmes. L'ouvrage
du méchant ne sera point stable ; mais la récompense est assurée à celui qui sème la justice.
— La clémence ouvre le chemin à la vie et la
recherche du mal.conduit à la mort. — Le Seigneur a en abomination le cœur corrompu, et
il met son affection en ceux qui marchent sim-
plement. — Le désir des justes se porte à tout
bien ; l'attente des méchants est fureur. — Celui
qui se fie en ses richesses tombera ; mais les
justes germeront comme l'arbre dont la feuille
est toujours verte. — Le fruit du juste est un
arbre de vie, et celui qui gagne les âmes à Dieu
est sage. — Si le juste reçoit sur la erre le ch a-

2.

timent de ses péchés, combien plus le méchant et le pécheur ne le recevront-ils pas! »

Cette lecture avait fait une profonde impression sur ces bonnes gens, et leur inspira du courage à supporter avec plus de patience les rigueurs de la pauvreté. Michel, qui l'avait écoutée avec attention jusqu'à la fin, donna ensuite le bonsoir à ses parents, et alla se coucher dans la chambre voisine. Il s'endormit bientôt après : ce fut le sommeil de l'innocence.

Les reproches du petit Berthold peinaient toujours vivement le vertueux Christophe, et cependant il n'avait rien à se reprocher.

— Il n'en sera rien cette année de la fête chez nous, dit-il à sa femme : je ne gagne pas grand'-chose, et ensuite il faudra bientôt payer les contributions. L'année dernière nous avons pu nous amuser un peu; mais cette année...

Il ne voulut pas achever.

— Nous n'avons pas dépensé au-delà d'un florin, répondit Magdeleine, et j'espère bien que nous pourrons encore le dépenser cette année.

Laisse-moi faire : tu auras ton morceau de rôti et ta bière comme l'année dernière.

Christophe secoua la tête en signe d'incertitude et d'incrédulité.

— Magdelcine, lui dit-il, de rien on ne fait rien. Je ne puis te donner de l'argent, n'en ayant point ; nous n'avons plus ni poules, ni oies, ni pigeons à vendre ; ma dernière maladie a tout absorbé ; la vache ne donne que le lait nécessaire à notre consommation journalière, je ne vois donc pas comment tu feras pour te procurer du rôti et de la bière !

— Cela me regarde, mon ami ; j'ai mon secret, et tu verras que je ne te tromperai pas.

— Soit ! mais je douterai jusqu'à ce que j'aie vu la chose. Tu ne feras pas la folie, j'espère, d'emprunter de l'argent quelque part ; cela, je ne le souffrirai point.

Magdeleine se mit à rire, et détrompa son mari en lui promettant de ne point faire de dettes. Mais elle avait son secret et voulait faire une surprise à Christophe. Elle avait rendu quelques services à plusieurs de ses voisines, pour lesquels elle ne reçut point de récompense. Celles-ci, par reconnaissance, lui avaient promis, l'une un poulet, l'autre une douzaine d'œufs, une troi sième un pot de bière pour la fête du village, et, de cette manière, la brave femme pouvait an - noncer quelques douceurs à son mari sans faire de dépense.

Les deux époux continuèrent à s'entretenir des affaires du ménage. La conversation tomba aussi sur le petit Michel, qui dormait d'un profond sommeil.

— Ce qui me console encore dans notre pau- vreté, dit Magdeleine, c'est notre fils. Cet enfant, qui fait notre joie dans ce moment, fera un jour notre consolation. Nous ne pourrions le désirer meilleur qu'il n'est. Sa piété, son obéissance, son amour pour le travail et sa modestie en font un enfant charmant. Tu verras que, quand il sera plus grand, il nous soulagera dans nos peines, et qu'il sera un jour le bâton de notre vieillesse. Il a un excellent cœur, aime à obli‹

ger tout le monde ; à bien plus forte raison se
sacrifierait-il pour ses parents.

Pendant que Magdeleine parlait ainsi, Michel,
qui rêvait, se mit à crier tout-à-coup :

— Ma mère ! les voilà qui arrivent ! Oh ! que
vont-ils dire les gens quand ils verront ces personnages distingués assis à notre table ? Vite !
préparons tout pour dîner sous le berceau !
Oui, oui, nous aurons la plus belle fête du village !

— Entends-tu? s'écria Christophe, Michel rêve
de la fête. La belle annonce du fils du meunier
lui a tourné la tête. Eh bien ! oui, va voir,
pauvre enfant, si ces personnages distingués
arrivent ! Tu te tromperas dans ton compte :
tu mangeras des pommes de terre, comme à
''ordinaire, avec ton père et ta mère, tu pourras même inviter à ton repas ton chien et ton
chat: ceux-là te tiendront société.

— Oui, répondit Magdeleine, tu as raison :
Berthold a tourné la tête de Michel ; car ces
personnages distingués ne sont autres que ceux

dont il a entendu parler, et qui se rendent au moulin. Bon Dieu ! comment se ferait-il que nous en eussions jamais de pareils dans notre chaumière ?

— Du moins, reprit Christophe, notre fils aura eu sa fête en songe : des fêtes de cette espèce ne coûtent rien ; on n'en a pas mal à la tête le lendemain ; on en est quitte pour le souvenir qu'elles ont laissé dans l'imagination. Pauvre Michel ! quel réveil après un rêve aussi brillant !

— N'importe, répondit Magdeleine, je reviens toujours à mes moutons, moi. Nous aurons une fête, et Michel n'aura pas tout-à-fait perdu le fruit de son rêve. Les personnages distingués... hem ! ce sera... Elle se mit à rire. Ce sera nous. Et qui nous empêchera de dîner sous le berceau ? Nous ferons aussi bonne figure là que d'autres.

— Vanité des vanités! s'écria Christophe. Voilà comme sont les femmes. Toujours des plans, des projets ! des châteaux en l'air. Eh

bien ! nous dînerons sous le berceau ce jour-là ;
nos pommes de terre en seront meilleures sans
doute, et puis nous rêverons aussi ; nous nous
imaginerons être quelque chose, tandis que
nous resterons de pauvres malheureux avant
comme après la fête. Puis, prenant un ton plus
railleur : Tu n'oublieras pas, ajouta-t-il, de
servir notre vaisselle d'argent, nos cristaux en
terre cuite, notre faïence, notre porcelaine, nos
belles tasses, notre jolie nappe et tout ce qui
s'ensuit ; entends-tu bien ?

Magdeleine, que cette plaisanterie avait un
peu mystifiée, se leva sous prétexte d'avoir
sommeil.

— Tu as sommeil, ma bonne ? lui dit Christophe. Je conçois cela : parce que tu n'aimes
pas à entendre ces tristes vérités-là. Te voilà
bien préparée à rêver aussi bien que ton fils !
Si seulement tes rêves pouvaient te faire avoir
un sac d'argent, alors tout irait selon tes désirs ;
mais rêve tant que tu voudras, il ne viendra pas
d'argent. A la garde de Dieu ! Bonsoir.

Et les deux époux allèrent aussi prendre leur repos.

Cependant la fête s'approchait. Les habitants du village faisaient de grands préparatifs pour bien la célébrer. Des arbres, abattus dans la forêt, furent dressés devant les maisons ; les canards et les oies furent plumés, les jambons, descendus des cheminées ; des gâteaux cuits d'avance ; et ce qui ne se trouvait pas au village fut apporté de la ville ; en un mot, tout le monde fut sur pied dans les maisons.

Berthold n'avait pas eu tort de dire qu'on ferait cette année plus de préparatifs au moulin que jamais ; car là on étala tout ce que les richesses et la vanité permettaient de faire. Une belle salle avait été peinte à neuf ; la musique, commandée ; toute la maison ornée de guirlandes et de couronnes de fleurs. Berthold reçu' un bel habit de drap fin sur lequel brillaient des boutons dorés, et l'enfant ne manqua pas de réunir aussitôt ses petits camarades pour le leur faire voir.

Pendant que tout était en mouvement dans la commune, tout fut tranquille à la chaumière de Christophe : là point d'élan, point de joie, point de préparatifs. Christophe, n'ajoutant pas foi aux prédictions de sa femme, ne s'occupa plus de la fête et oublia rôti et bière. Il continua de travailler comme par le passé; Magdeleine, au contraire, chercha à le rassurer : elle avait vu ses voisines, et en avait reçu l'assurance que les promesses qui lui avaient été faites seraient effectuées. Michel était gai et ne parlait que du rêve qu'il avait fait; il comptait toujours sur les personnages distingués qui viendraient s'asseoir à la table de son père, sous le berceau du jardin. A cette fin il nettoya bien le chemin, sarcla les plates-bandes, arrosa les fleurs, et ne cessa de dire que chez eux aurait lieu la réunion la plus brillante du village

Son père et sa mère se moquaient de lui; mais ils ne purent rien gagner sur lui; l'enfant persista à dire que chez eux on s'amuserait le jour de la fête mieux que partout ailleurs.

Quelques moments après, il traversa la grande prairie ave son chien, et rencontra Berthold et ses camarades, qui s'y amusaient, faisant un vacarme épouvantable. Berthold commença à plaisanter Michel et à taquiner son chien. Michel et Fidèle supportèrent assez longtemps ses sottises; mais, comme le fils du meunier devenait de plus en plus insolent et jetait des pierres au pauvre animal, celui-ci perdit patience et se précipita avec tant de fureur sur son agresseur qu'il l'aurait mordu si Michel ne l'eût retenu. Alors les autres polissons prirent fait et cause pour Berthold, et peu s'en fallut qu'ils ne donnassent des coups au pauvre Michel et à son chien. Michel prit le parti de s'en aller et de se retirer chez lui.

— Tu fais bien de te retirer, lui cria Berthold, vil mendiant que tu es; mais attends! si je te retrouve encore une fois avec ton chien har-

gneux, cela ne se passera plus comme aujour-
d'hui ; avant huit jours je tuerai ton chien.

— Et nous aussi, crièrent tous les autres, nous
le tuerons si nous le rencontrons !

Et ils continuèrent de lui jeter des pierres
tant qu'ils le virent.

Michel rentra chez lui en pleurant, et raconta
à sa mère ce qui venait de se passer encore, et
les menaces de Berthold et de ses camarades de
tuer son Fidèle. La mère fut vivement peinée
en apprenant cette nouvelle persécution : elle
prévit bien que l'animosité entre ces enfants
allait augmenter de plus en plus, et, craignant
qu'elle n'eût des suites plus fâcheuses encore,
elle conseilla à son fils de se défaire de son
chien, bien persuadée que Berthold ne cesserait
de persécuter l'animal, et qu'à la fin il le tuerait. Christophe fut du même avis, et il fut dé-
cidé qu'on donnerait le chien à quelqu'un du
village.

Ce fut là un grand sujet de chagrin pour Mi-

chel, qui aimait tant son Fidèle ; mais, soumis
en tout à la volonté de ses parents, il ne résista
pas, et dit à sa mère :

— Vous savez, ma bonne mère, combien je
vous aime et que votre volonté sera toujours la
mienne : je donnerais ma vie pour vous ; à bien
plus forte raison ferai-je le sacrifice de mon
chien pour vous faire plaisir.

En prononçant ces dernières paroles, il essuya
ses larmes et se mit à caresser le pauvre animal,
qui sauta sur ses genoux et redressa les oreilles,
comme s'il avait compris qu'il s'agissait de lui.

— Mon cher Fidèle, lui dit-il, il faut que je
me sépare de toi ! si seulement je pouvais te
trouver un bon maître ! mais au village il y a
des chiens dans presque toutes les maisons, et
ensuite tu seras toujours exposé à la fureur de
ce méchant Berthold. Je vais te porter en ville,
où les chiens sont mieux que dans nos campa-
gnes. Tu es jeune, beau, et tu portes à juste
titre le nom de Fidèle.

— Tu feras bien, mon enfant, répondit la

mère ; va le porter en ville pour le vendre à quelqu'un.

« Qui sait si on ne t'en donnera pas de quoi t'acheter une veste pour l'hiver ?

— Vous avez là une excellente idée, ma mère. Si on m'en donne seulement de quoi acheter de la viande et de la bière pour la fête de dimanche, je serai content. Je partirai demain matin, et j'emporterai aussi le chat : peut-être achètera-t-on aussi ce dernier ; car je sais que les dames des villes aiment beaucoup les chats. Alors vous verrez que nous aurons une belle fête et que mon songe se réalisera.

La mère, émue, sourit.

— Michel, lui dit-elle, tu es un bon garçon ; mais je crains que tu en sois pour tes frais. Je doute qu'on achète ces animaux, et je crois que tu seras trop heureux si tu peux leur trouver un bon maître, sans en recevoir d'argent.

C'est ce que Michel ne put concevoir. Il trouvait tant de qualités à ces animaux qu'il lui semblait impossible qu'ils ne trouvassent des acheteurs. Longtemps encore il s'entretint avec sa mère de son chat, s'informant de ce qu'ils pouvait valoir. Lorsque, le soir, Christophe rentra de son travail, Michel courut au-devant de lui pour lui annoncer la résolution qu'il avait prise d'aller le lendemain en ville vendre ces animaux, afin d'avoir quelque argent pour faire une belle fête. Le père rit aux éclats et secoua la tête en lui souhaitant un heureux voyage. — Mais, lui dit-il, je crains bien qu'il ne t'arrive avec ce voyage ce qui t'est arrivé avec ton rêve, et que tu ne reviennes les mains vides.

— Et moi, répondit l'enfant, je crois que le bon Dieu bénira mon voyage. Il y a en ville tant d'âmes charitables qui me donneront quelque chose! et j'aurai toujours un peu d'argent.

— Tu n'y penses pas, l'ami, reprit le père; on se moquera de toi, et voilà tout ce que ton voyage te rapportera. Les gens de la ville n'achèteront pas un chien qui n'est pas même joli, encore moins curieux. Et ton chat maigre, qu'en veux-tu faire ?

Michel persista à dire que le bon Dieu l'assisterait, et le père consentit à le laisser aller en ville.

Le lendemain, Michel fut de bonne heure sur pied. Il récita avec une grande dévotion ses prières, se recommanda à Dieu, déjeûna ensuite, donna aussi de quoi manger à ses deux animaux, et fit ses adieux à ses parents, qui admirèrent sa constance et le laissèrent partir.

La ville était située à trois lieues de là. Une assez jolie route y conduisait, mais il y avait encore un autre chemin pour s'y rendre : celui-ci traversait la montagne et quelques petites vallées, et était plus difficile, mais moins long que la route : ce fut donc ce dernier que Michel crut devoir prendre. Il plaça son chat dans une espèce de poulailler, le chien l'accompagna, et, le bâton à la main, il partit.

La journée était belle, le soleil versait ses premiers rayons sur la forêt, que les oiseaux remplissaient de leur doux ramage. Quelquefois le chevreuil et le lièvre traversaient le chemin,

et Fidèle leur faisait la chasse sans pouvoir les
atteindre. Le cœur de Michel s'épanouit de plus
en plus. Il marchait tantôt chantant, tantôt sau-
tant, tantôt priant, tantôt s'entretenant avec
son chien et son chat, et fit de cette manière la
moitié de la route sans s'en apercevoir.

Sur une petite colline, au milieu des bois,
était construit un petit oratoire en l'honneur de
la sainte Vierge. Le tableau de l'autel, peint
par une main habile, avait été donné par les
anciens comtes du pays, et représentait les
noces de Cana en Galilée. Michel n'avait jamais
traversé la forêt sans s'arrêter quelques moments
devant la chapelle et sans réciter quelques
prière en l'honneur de l'auguste Reine du ciel.
Il se sentait d'autant plus disposé à s'arrêter ce
jour-là que sa mère lui avait recommandé de
réciter un *Pater* et un *Ave* pour elle. Michel déposa donc son fardeau à terre et pria avec une
tendre effusion de cœur. Après avoir achevé sa
prière qu'il récita à haute voix, il lui vint en
esprit d'inviter la sainte Vierge Marie à venir à

la fête le dimanche suivant chez eux. Dans sa pieuse simplicité, cela lui parut tout naturel. Il voyait là, peinte sur ce tableau, la divine mère de Jésus assise à table; il crut donc qu'en l'invitant, elle viendrait s'asseoir à la table de ses parents, sous le berceau du jardin, comme elle avait été à Cana. Plus il examina le tableau, plus il se confirma dans cette persuasion que Marie agréerait sa demande. Mais le peintre le mit dans un grand embarras. Il avait fait figurer sur la table des noces des poulets, des oies, du chevreuil, des tartes et d'autres morceaux friands : et où les parents du pauvre enfant prendraient-ils tout cela?

Michel s'inquiéta de plus en plus. « Si seulement, disait-il, je connaissais votre mets favori, ma bonne Marie, je dirais à ma mère de vous le préparer. » Il examina ce que la sainte Vierge avait sur son assiette et y vit une aile de pigeon pendant que son divin Fils semblait manger de l'agneau. Ceci consola un peu Michel. Il savait

3..

ce que Marie et Jésus avaient mangé à Cana ; et
cela lui suffisait ; sa mère, qui était une assez
bonne cuisinière, pouvant préparer pigeon et
agneau. Il répéta donc son invitation en disant :
« Sainte Vierge Marie ! venez à la fête chez nous
dimanche prochain, vous aurez du pigeon, et
amenez aussi avec vous votre divin fils, il aura de
l'agneau. Ensuite, si vos anges veulent y venir
aussi, nous leur donnerons des beignets. Mais,
pour que la fête réussisse bien, il faut que vous
m'aidiez à vendre mon Fidèle et mon chat.

Pendant que le pauvre enfant faisait cette invitation dans toute la simplicité de son cœur, le
chien se mit à aboyer. Michel se leva pour le
rappeler et vit derrière lui un bon Monsieur qui
avait écouté en silence son colloque.

— Je me suis égaré dans la forêt, lui dit le
Monsieur, voudrais-tu me dire quel chemin il
faudra prendre pour retourner au château de
Montenhausen ? Je te paierai de ta peine.

Michel, qui était toujours disposé à rendre
des services, lui répondit avec ingénuité :

— Un petit service comme celui-ci ne se paie point; ce serait une honte de prendre de l'argent pour si peu de chose. Je vais remettre mon fardeau sur mes épaules et vous ramener dans le bon chemin.

Michel reprit son poulailler et précéda le Monsieur, qui lui adressa une foule de questions sur son voyage, sur ses parents, sur la fête à laquelle il avait invité la sainte Vierge et Jésus-Christ. L'enfant lui répondit avec une naïveté qui charmait l'étranger, qui apprit de cette manière tous les petits secrets de Michel. Il admira cette heureuse simplicité jointe à un esprit lucide, à un excellent cœur et à un dévouement sans bornes à ses parents. Il lui demanda s'il fréquentait l'école, et, sur la réponse affirmative de l'enfant qu'il était un des premiers élèves de sa classe, il ouvrit le livre qu'il tenait sous le bras et le lui présenta. Michel y lut avec une grande facilité une demi page, qu'il analysa de même fort bien et avec une précision dénotant qu'il connaissait parfaitement

les règles de la grammaire. L'étranger lui parla
aussi de géographie, d'histoire sainte, de cal-
cul, objets qui étaient familiers à l'élève in-
telligent.

— Vous êtes bien savant, Monsieur, lui répondit Michel. Ah ! si mes parents étaient riches,
j'étudierais aussi, mais ils sont trop pauvres,
et je ne puis pas apprendre plus que n'en sait
le maître du village.

— Qui sait, lui répondit l'inconnu, si tes
parents n'auront pas un jour les moyens de te
faire instruire ?

— Je ne le crois pas ; mais, en attendant, je
serais bien heureux d'avoir des livres.

— Il faut espérer en la Providence.

Pendant cet entretien ils arrivèrent à une
large clairière.

— Suivez cette clairière, Monsieur, dit Michel à son compagnon de voyage, au bout de
laquelle vous trouverez un chemin qui vous
conduira directement à Montenhausen. Vous ne
pourrez plus vous tromper.

— Je te remercie, mon petit ami, et puisque tu ne veux rien accepter pour ta peine, sois persuadé que je penserai à toi. Tu es un bon enfant; continue à être pieux et à bien aimer tes parents, le bon Dieu aura soin de toi. Adieu, tu auras sous peu de mes nouvelles; tâche de bien vendre tes bêtes.

— Vous n'avez pas de remercîments à me faire, Monsieur: je n'ai rempli qu'un devoir de charité que je serais bien aise qu'on me rendît aussi à moi. Le Sauveur ne nous en a-t-il pas donné le commandement dans son Evangile?

— C'est bien, mon enfant, je suis content de toi.

— Cela me fait plaisir, Monsieur, que vous soyez content de moi; je suis bien content aussi de vous avoir rencontré. Si vous êtes encore dans ce pays dimanche prochain, venez voir mes parents et passer la fête avec eux. Ils ne sont pas riches, mais ils vous recevront de tout leur cœur et vous traiteront de leur mieux. Si je viens à vendre mon chien et mon chat, vous verrez que nous ferons bonne chère.

L'inconnu sourit à cette naïveté de l'enfant.

— Oui, mon petit ami, lui répondit-il, j'irai te voir et passer la fête avec tes parents. Prépare des beignets. Mais il faut que tu me rendes encore un service. Il s'arrêta, tira de son portefeuille du papier, un crayon, et se mit à écrire.

— Puisque tu vas en ville, lui dit-il, remets ce billet à M. le secrétaire Voyel. Il demeure dans la première maison à droite, à côté de la porte. Remets-le tout de suite en arrivant et avant d'aller vendre tes bêtes.

— Oui, je m'acquitterai de cette commission. Adieu, Monsieur, n'oubliez pas la fête de dimanche prochain.

L'inconnu lui serra la main, lui recommanda encore une fois le billet, lui promit de ne point manquer à la fête, et le quitta.

Michel se dépêcha pour arriver en ville. Bientôt il aperçut les clochers de la cité. Plus il s'en approchait, plus il paraissait joyeux. Mais l'idée

de perdre son fidèle chien mêla un peu d'amer-
tume à cette joie. Il l'appelait à chaque instant,
le caressait et lui parlait. Comme il crut que
l'éloignement de cet animal rétablirait la paix et
l'harmonie entre lui et Berthold, et que de l'argent qu'il en retirerait il pourrait faire du bien
à ses parents, il se consola de sa perte. « Mais,
lui dit-il, il faut que tu aies un bon maître ; car
tu le mérites bien : tu es un si bon chien. »

Arrivé aux portes de la ville, Michel demanda
où demeurait M. le secrétaire Voyel. On lui
montra une fort belle maison. Il tira la sonnette,
et une petite demoiselle ouvrit la porte et lui
annonça que le secrétaire, son père, était sorti,
mais qu'il ne tarderait pas à rentrer. Elle prit
le billet et l'ouvrit par un mouvement de curiosité, en s'écriant : « Ah ! c'est du français, et je
n'entends pas cette langue ! »

Michel alla donc au marché le cœur agité
tour à tour par la crainte et l'espérance. La
grande place était presque déjà toute remplie
de monde. Là on voyait des femmes avec du

beurre, des œufs, du sain-doux, des légumes, des fruits. Les oies, les canards, les poules, faisaient un vacarme horrible par leurs cris. Michel eut de la peine à trouver un petit coin pour y déposer son poulailler avec son chat et son chien. — Achetez, achetez, s'écria-t-il, de beaux animaux.

Aussitôt une foule de femmes curieuses se réunit autour de lui pour savoir ce qu'il vendrait réellement. Il leur montra de nouveau son chien et son chat, et toutes de rire aux éclats.

— Imbécile que tu es, lui dit l'une d'elle, tu aurais pu rester à la maison avec ta marchandise, on a cela pour rien chez nous.

— On me donnerait ce chien là pour rien, dit un autre, que je n'en voudrais pas ; il est estropié.

Un boucher se présenta, et, voyant que Fidèle était gros, il en offrit six kreutzers à Michel, disant qu'il tuerait l'animal pour en avoir la graisse. Michel le repoussa en lui disant qu'il ne le lui donnerait pas pour tout au monde.

Plus tard se présenta un autre individu qui voulut examiner le chat ; mais l'animal, effarouché par le bruit, auquel il n'était pas fait, lui donna un vigoureux coup de griffe ; ce qui ne l'empêcha pas d'en offrir deux kreutzers pour en avoir la peau. Michel le congédia de nouveau, ne voulant point vendre ces pauvres bêtes à des gens qui devaient les mettre à mort.

Cependant la foule se pressa de plus en plus dans les allées un peu étroites du marché, et le pauvre Michel fut obligé d'entendre encore beaucoup d'autres plaisanteries ; mais ce qui le peina de plus en plus ce fut l'arrivée de Berthold, qui, à la vue du chien et du chat, qu'il reconnut sans peine, dit au malheureux Michel un tas de sottises qui l'humilièrent au point qu'il aurait tout donné pour ne s'être pas présenté au marché. Il fut obligé de mettre une petite corde autour du cou de Fidèle pour le retirer auprès de lui ; car l'animal qui grommelait sans cesse et montrait les dents, se serait perdu dans la bagarre.

Tout-à-coup se présenta un monsieur très-
bien mis, portant au doigt une magnifique
bague et balançant dans la main un jonc sur-
monté d'une pomme en or. Il était suivi d'un
domestique, et paraissait chercher quelqu'un.
A la vue de Michel et de son poulailler, il tira
de sa poche un billet, le lut, regarda l'enfant et
sourit.

— Qu'est-ce que tu as donc à vendre ? deman-
da-t-il à Michel.

— Voyez un peu, Monsieur le secrétaire,
répondit une femme, ces hideux animaux que
ce petit imbécile a apportés.

—Bien ! répondit le secrétaire en s'appro-
chant de Michel pour examiner ses bêtes. Vous
n'y entendez rien. Ce chien là est le plus beau
griffon que j'aie jamais vu et dont la race est
perdue en Europe ; et ce chat est incomparable
par l'éclat de sa peau et la vivacité de ses yeux.

—Ah ! disait Michel, voici un monsieur qui
va l'achever avec ses plaisanteries. Et la foule
de rire aux éclats.

Le secrétaire prenant un ton sérieux :

— Je ne plaisante pas, je vais acheter ces animaux. Qu'en veux-tu ? voyons.

Michel n'osant presque plus lever les yeux, répondit en tremblant :

— Mon cher Monsieur, je vous les donnerai pour rien, pourvu que vous me promettiez d'en avoir bien soin et de ne pas les molester.

— Certainement, mon ami, j'en aurai bien soin ; mais dis-moi ce que tu en veux.

— Eh bien ! Monsieur, vous me donnerez quinze kreutzers pour le chien et autant pour le chat.

— Quinze kreutzers ! Mais tu n'y entends rien : ce chien vaut cinquante écus.

Michel se serait caché sous terre s'il avait pu, croyant qu'on se moquait de plus en plus de lui ; le peuple partageait son opinion et couvrit de huées la proposition du secrétaire ; mais celui-ci coupa court à l'hilarité en tirant de sa poche sa bourse bien garnie, et en remettant à

Michel cinquante brillants écus, que celui-ci n'osa presque recevoir.

L'étonnement succéda à la plaisanterie. Michel croyait rêver lorsque le secrétaire lui paya la même somme pour le chat. Le peuple ne put cacher sa surprise.

« Il faut, disait-on, que monsieur le secrétaire qui passe pour un homme si instruit et si prudent, ait perdu la tête, pour payer cent écus deux animaux aussi laids que ceux-ci. »

Plusieurs personnes l'entourèrent alors, proposant de lui vendre et pour la moitié de ce prix des animaux beaucoup plus beaux que ceux-ci ; mais le secrétaire se mit à rire et mystifia ces gens en disant :

— Ce chien, dont vous vous moquez tous, descend de la race asiatique que le Grand-Mogol de l'Indoustan possède seul au monde, et je suis à me demander par quel hasard cet animal est parvenu jusqu'à nous. Il a des qualités précieuses, entre autre celle de reconnaître de loin les voleurs. Voyez un peu, maître tailleur,

comme il vous regarde : je parierais que, lorsque vous fîtes ma dernière redingote, vous
prîtes la mesure un peu trop longue.

Le tailleur, qui ne s'attendait pas à cette
apostrophe, protesta de sa probité et s'eloigna,
laissant tomber une saucisse, que Fidèle trouva
et qu'il dévora de fort bon appétit.

— Ainsi, reprit le secrétaire caustique, le
maître de ce chien n'a rien à craindre des voleurs. Le chat possède de même des qualités
essentielles. Chacun de ses poils, réduit en cendres délayées dans de l'eau, a la vertu de faire
pousser les cheveux ; ainsi les personnes qui
ont la tête chauve seront bien aises d'avoir de
ces poils, qui sont un remède infaillible. Si on
en porte une petite mèche sur l'estomac, on sent
une chaleur douce qui pénètre partout et guérit
les rhumatismes et toutes sortes de douleurs.
Je vous le demande maintenant, ai-je trop
payé ces animaux-là ?

Les personnes présentes ne purent revenir
de leur surprise, et admirèrent le vaste savoir

du secrétaire, qui avait si vite reconnu ces animaux. Plusieurs d'entre elles l'entourèrent
alors, et le prièrent de leur prêter pour quelques jours ce chien, ayant dans leur maison des
gens dont la fidélité leur était suspecte ; d'autres, qui perdaient leurs cheveux, lui demandèrent quelques poils de ce chat merveilleux,
et un vieil avare le pria de lui en donner de
même une mèche pour se réchauffer le corps et
ménager son bois. Le chat, que l'on avait mé-
prisé quelques moments auparavant, se vit
entouré de tous côtés ; chacun voulut en avoir
des poils, et la pauvre bête poussa des cris
horribles ; le secrétaire fut obligé de le faire
emporter par son domestique, de crainte qu'on
ne le tuât à force de lui en arracher. Michel
était toujours là, ne sachant que penser de cela.
Avoir cent écus dans sa main lui parut une chose
si extraordinaire qu'il se crut plus riche qu'un
roi. Ce qui ajouta encore à sa joie ce fut de voir
le cas qu'on faisait de ses animaux. Il s'imagina
qu'il y avait quelque chose de surnaturel, il

regardait tantôt le secrétaire, tantôt la foule ébahie. Quelquefois il crut que tout cela n'était qu'une comédie et qu'il était le jouet d'une plaisanterie; mais le son des écus le convainquit de la réalité. Le secrétaire lui dit alors:

— Michel, tu vas m'accompagner chez moi. Comme j'ai fait un bon marché, je vais te donner à dîner.

Michel le suivit; mais il rencontra Berthold, qui lançait sur lui un regard d'envie, et qui lui aurait enlevé les cent écus s'il avait pu. Michel lui pardonna, et se trouva bientôt dans la belle maison où il était déjà entré le matin. Là un remords de conscience ne lui permit pas de se taire plus longtemps.

— Monsieur, dit-il au secrétaire, vous avez parlé tout-à-l'heure des précieuses qualités que devaient avoir les animaux que je vous ai vendus; voilà plus de six mois que je suis en possession de ce chien, et je ne sais s'il descend réellement de la race du Grand-Mogol de l'Indoustan, encore moins s'il a la vertu de reconnaître les voleurs ; mais il est, du reste, un bon chien. Quand au chat, je suis sûr qu'il provient de la chatte de la vieille Lise, la vachère. Cette femme, qui aimait beaucoup les chats, en fournissait à tout le village, et cependant je n'ai jamais entendu dire que les poils de nos chats avaient la vertu de faire pousser les cheveux.

— Et que veux-tu dire par là ?

— Je veux dire que je crains que vous ne vous soyez trompé en faisant l'acquisition de ces animaux à un prix si élevé, et je préfère vous rendre votre argent, ne voulant avoir rien d'injuste sur la conscience. J'aime mieux rester pauvre et honnête que de m'enrichir par des moyens injustes ; d'ailleurs mes parents ne le souffriraient non plus et m'obligeraient à vous rapporter vos cent écus. Ils ne veulent pas qu'on trompe le monde, car s'est là un horrible péché.

— Excellent Michel, s'écria le secrétaire ému, sois sans aucune crainte ! L'argent que je t'ai donné t'appartient devant Dieu et devant les

hommes. Je sais ce que j'ai acheté, et toi aussi
tu le sauras plus tard.

Le secrétaire conduisit ensuite Michel dans
un petit salon et le fit asseoir à côté de lui. La
petite demoiselle vint aussi et salua le fils de
Christophe. Le secrétaire lui parla ensuite de
son village, qu'il connaissait fort bien, de ses
parents et de leurs petites affaires, et fut obligé
d'admirer la bonté d'âme et la lucidité de l'esprit
du petit garçon. La conversation fut interrompue
par l'arrivée du tailleur qui apporta une redingote, un gilet, un pantalon, et par celle d'un
chapelier qui apportait un joli chapeau de feutre
gris pour Michel. Les deux se rendirent dans
une chambre voisine, où Michel essaya tout, et
fut enchanté de voir que ces habits lui allaient
si bien qu'on aurait cru qu'ils avaient été faits
à sa taille. Michel ne put toujours pas revenir
de son étonnement et versa des larmes de joie
en baisant la main de son bienfaiteur et en lui
témoignant sa vive reconnaissance.

4

—Attends un peu, lui répondit le secrétaire,
tu sauras à qui reviendra ta reconnaissance.

Quelques instants après, une belle voiture
vint s'arrêter devant la maison. Le secrétaire
descendit pour recevoir le monsieur. Michel, qui
était placé au haut de l'escalier, reconnut bientôt le même personnage qu'il avait rencontré
dans la forêt et auquel il avait montré le chemin
de Mentenhausen. Celui-ci, en revoyant l'enfant,
lui demanda s'il avait bien vendu ses animaux.
Michel lui raconta naïvement les choses telles
qu'elles s'étaient passées ; l'inconnu rit aux
éclats en entendant les plaisanteries que le caustique secrétaire s'était permises.

Bientôt après on se mit à table. Michel  t
obligé de s'y asseoir malgré lui, à côté de la
petite demoiselle. Quels mets n'y vit-il pas ! Il
lui semblait que tous les plats que le peintre
avait représentés sur le tableau aux noces de
Cana y étaient. Il vit des poulets rôtis et fricas-
sés, du gibier, des tartes, des mets sucrés, dont
il n'avait jamais goûté et dont il n'avait pas

même l.idée. Michel, se souvenant de la pauvreté de ses parents, et ne voulant pas faire
bombance, lui, pendant qu'eux faisaient maigre
chère à la maison, ne mangea que de la soupe,
des légumes et de la viande.

— Mange donc, lui disaient sans cesse le
secrétaire et l'inconnu ; dimanche, nous irons
dîner chez tes parents.

Les yeux du pauvre enfant brillèrent d'une
vive joie quand il entendit ces paroles.

— Oui, Messieurs, leur dit-il, faites-nous
l'honneur de venir, vous ne vous en repentirez
pas : nous vous donnerons tout ce que nous
aurons de meilleur ; nous avons de l'argent
maintenant.

Et, en disant ces paroles, il frappa sur son
gousset et fit sonner les brillants écus qui y
étaient renfermés. Ensuite il parla de la joie
qu'auraient ses parents si les nobles messieurs
daignaient venir s'asseoir sous leur berceau au
jardin ; il parla du bonheur qu'ils éprouveraient
à la vue de cet argent qui leur permettra

d'acheter une prairie et d'avoir une vache de plus, ce qui améliorera beaucoup leur sort. Les deux messieurs, qui prirent du plaisir à sa conversation, lui adressèrent une foule de questions, et lui demandèrent entre autres s'il aurait du plaisir à faire ses études.

— Ce serait mon plus grand bonheur, répondit Michel : par là je pourrais m'instruire, et c'est une si belle chose que d'être instruit ; et ensuite je serais à même de faire du bien à mes parents quand'ils seront plus vieux.

— La piété filiale, lui répondit l'inconnu, est une bien belle vertu, mon petit ami. Quiconque aime bien ses parents sera béni de Dieu. Reste toujours aussi sage et aussi pieux, et tu seras heureux un jour.

— J'espère bien devenir encore plus sage avec le temps, car monsieur le curé l'a bien dit l'autre jour au catéchisme, qu'il fallait tâcher de devenir chaque jour meilleur pour plaire au bon Dieu. C'est ce que je m'efforce aussi de faire. Je demande chaque jour au bon Dieu dans mes

prières la grâce d'éviter le péché ; c'est là le
plus grand mal qui puisse nous arriver : en per-
dant la grâce du Seigneur on perd tout et on
devient malheureux.

Les deux messieurs se regardèrent avec surprise en entendant cette belle morale de l'enfant.
Plusieurs heures s'étaient écoulées pendant cette
conversation, lorsque le secrétaire présenta un
verre de vin rouge à Michel.

— Il faut que tu boives ce vin à la santé de tes
parents, lui dit-il, cela te donnera des forces
pour t'en retourner chez toi.

— Ah ! je vous remercie bien, répondit l'enfant ; je ne boirai pas ce vin, il m'enivrerait, et
l'ivresse est un grand péché. J'ai vu l'autre jour
au village un homme ivre ; oh ! qu'il était laid !
Il disait un tas de choses mauvaises que je ne
voudrais pas répéter ; une troupe d'enfants le
poursuivaient et lui jetaient des pierres en se
moquant de lui. Pour m'éviter plus longtemps
un tel spectacle, ma mère me fit rentrer chez

4.

nous. Je ne voudrais jamais m'enivrer, non-seulement parce que cela offense Dieu, mais aussi parce que c'est une honte.

Le secrétaire insista et l'engagea de nouveau à boire ; mais Michel ne céda pas et refusa constamment.

— Dans ce cas, dit le secrétaire, tu emporte-ras cette bouteille avec toi ; tu la donneras à tes parents ce soir en arrivant, pour qu'ils la boivent à notre santé.

Je la prendrai, répondit l'enfant. Mais n'oubliez pas de venir à la fête de dimanche ; ma mère sait bien faire la cuisine, et nous vous recevrons de notre mieux.

— Sois tranquille, nous ne manquerons pas.

Michel prit ensuite congé de ses généreux bienfaiteurs et de la demoiselle, qu'il invita aussi à la fête. Il fit un paquet des habits qu'il avait déposés en mettant ceux qu'il avait reçus, y glissa la bouteille, plaça le tout dans son poulailler, prit son bâton et s'en alla content et heureux.

— Quelle journée ! se dit-il quand il fut sorti de la ville, quel voyage ! Que diront mes parents ? que dira ma pauvre mère à la vue de tout cet argent que je lui apporte ? Ils ne pourront pas croire que mon Fidèle et mon chat aient rapporté une si forte somme. Cent écus ! Et ensuite ces deux messieurs qui viendront à la fête ! Oh ! oui, mon rêve se réalisera. Nous aurons la plus belle fête du village. Et ensuite Berthold ne me plaisantera plus au sujet de mes habits rapés. Mais il faudra bien remercier le bon Dieu de tout ce qu'il m'a envoyé. Je n'y manquerai pas.

Telle fut la conversation que Michel entretint avec lui-même ; et, joyeux, il se dirigea vers la forêt, désirant reprendre le même chemin qu'il avait pris le matin et s'occupant d'avance de la surprise qu'il causerait à sa mère quand elle le verrait dans les beaux habits qu'il portait.

Lorsqu'il fut arrivé à la petite chapelle, il déposa son poulailler et y entra. Il pleurait de joie en pensant à toutes les grâces que le Seigneur lui avait faites en ce jour. Il alla s'agenouiller sur

les marches de l'autel pour y réciter bien dévo-
tement sa prière devant l'autel de la sainte Mère
de Jésus-Christ.

— Vous m'avez bien exaucé, ma bonne et
tendre Marie, lui dit-il, en me faisant si bien
vendre mes petits animaux. Ainsi ne manquez
pas de venir à la fête chez nous avec votre divin
fils et les anges, afin que nous puissions vous
témoigner toute notre reconnaissance.

Il pria encore quelques temps pour ses parents, pour ses bienfaiteurs, et puis continua
sa route. Jamais ce chemin ne lui parut si court,
jamais il ne l'avait fait plus gaîment. Bientôt il
aperçut son village avec la flèche pointu de l'é-
glise, et son cœur palpita d'une joie indicible.
Il n'en était éloigné que de quelques pas lorsqu'il rencontra le petit Ulric, un de ses condis-
ciples, enfant tout dévoué à Berthold, mais
pauvre comme lui-même. Jamais Michel ne lui
avait fait de mal; Ulric cependant lui en avait
fait beaucoup, et, après Berthold, c'était lui qui
maltraitait le plus le fils de Christophe. Ulric

pleurait. Michel l'aborda et lui demanda quel
était le sujet de ses peines. Au lieu de lui répon-
dre, Ulric croyant que Michel se moquerait
de lui s'il lui disait le malheur qui venait de
frapper les siens, lui répondit en levant la main
sur lui :

— Tu sais sans doute qu'on est venu ce matin faire une saisie chez mes parents parce qu'ils
n'ont pu payer les deux écus qu'ils devaient?
mais attends, tu ne te moqueras pas toujours
de moi.

—Moi ! me moquer de toi ! certainement que
non ; ce serait un péché. Tu es malheureux, et
par-là même tu mérites qu'on s'intéresse à toi.
Tiens, pour te prouver que je prends part à la
peine de tes parents, je vais te donner deux
écus, afin qu'ils puissent payer leurs dettes.

Ulric croyait plus que jamais que Michel le
plaisantait; car il lui parut impossible que le
fils de Christophe eût deux écus dans sa poche.
Michel lui raconta donc qu'il revenait de la
ville, où il avait été vendre ce chien que les au-

tres enfants ont tant molesté, ainsi que ce chat
que quelques jours auparavant les polissons
avaient voulu noyer, et que ces deux animaux
lui ont été payés au prix de cent écus. Mais Ulric, ne pouvant ajouter foi à tout cela, voulut
voir l'argent dont Michel parlait. Celui-ci le lui
montra, et Ulric se mit à pleurer.

— Le père Berthold n'a-t-il pas voulu vous
prêter ces deux écus, lui qui, chaque jour, reçoit tant d'argent? demanda Michel.

— Le père de Berthold? s'écria-t-il plein de
colère : mes parents ont été trois fois chez lui,
et se sont même jetés à ses pieds pour obtenir
cette petite somme ; il les a renvoyés durement,
et n'a pas voulu seulement les entendre.

— Cela n'est pas bien, répondit le fils de
Christophe. Eh bien! je vais te prouver que je
n'ai pas de haine contre toi, quoique tu m'aies
quelquefois battu et maltraité. Tiens, voilà deux
écus, portes-les à tes parents.

— Comment! tu es aussi généreux envers
moi qui t'ai fait tant de mal! Je te remercie,

cher Michel ! Pardonne-moi mes sottises ; je te promets de ne plus te molester une autre fois.

— Ecoute, Ulric, je ne te demande qu'une chose : c'est d'éviter Berthold, qui est un méchant enfant, et qui t'entraînerait plus tard au mal. Promets-moi cela.

— Je te le promets, et je tiendrai parole. Je sais bien que Berthold est méchant. Je l'éviterai, et dimanche je n'irai point à la fête chez lui. Je passerai la journée avec toi, si tu veux ; nous nous amuserons ensemble, tu es plus sage que lui.

— Dimanche, je ne pourrai pas m'amuser avec toi, parce que nous attendons des messieurs de la ville qui viendront dîner chez nous ; mais plus tard nous verrons.

Ulric prit les deux écus, serra la main de Michel, et alla trouver ses parents pour les leur remettre. Quelques moments après, Michel entra dans la chaumière de ses parents, qui l'attendaient avec impatience.

— Grand Dieu ! s'écria Magdeleine en voyant

entrer son fils habillé comme un enfant riche, que signifie cela? Cette redingote, ce chapeau... Est-ce bien toi, Michel? Qui donc t'a donné tout cela?

— C'est moi, ma chère mère! mais attendez un peu.

Et il se mit à placer ses écus sur la table l'un à côté de l'autre, les compta et en trouva quatre-vingt-dix-huit, ajoutant qu'il en avait donné deux au pauvre Ulric; sans cela, il en aurait cent.

— Et comment t'es-tu procuré cet argent? demanda le père avec une surprise mêlée d'inquiétude.

— J'ai eu tout cela pour mon Fidèle et mon chat.

Et il raconta tout ce qui lui était arrivé.

Christophe, qui ne put revenir de son étonnement, dit à sa femme:

— Oui, il y a une erreur ici, ou quelqu'un a voulu s'amuser à nos dépens, pour venir ensuite réclamer son argent. En attendant, nous ne

toucherons pas à cette somme jusqu'à ce que
cette affaire soit éclairée.

— C'est ce que nous ferons, répondit Magdeleine; nous attendrons.

Mais Michel ne voulut point céder, et prétendit que tout était bien. Il ajouta encore quelques détails à ceux qu'il avait donnés, ce qui
parut un peu rassurer ses parents.

— Vous verrez, dit-il à sa mère, que ces
Messieurs viendront à la fête dimanche, et que
mon rêve se réalisera. Ainsi préparez un bon
diner.

Cependant la chose fut bientôt connue au village. Le petit Ulric, d'une part, la racontait à
tout le monde, et Berthold, de l'autre, ne manqua pas de publier que le fils de Michel avait eu
un bonheur insolent en vendant cent écus son
chien et son chat. Ce bruit causa une vive ru-
meur et provoqua les murmures des uns et
l'approbation des autres. Le lendemain, toutes
les commères de la commune vinrent visiter

Magdeleine, sous différents prétextes, pour
savoir ce qu'il en était de ce chat et de ce chien
merveilleux. Magdeleine leur raconta tout ce que
son fils avait rapporté de la ville ; ce qui fit prendre
à plusieurs d'entre elles la résolution d'élever
aussi des chiens et des chats, dans l'espérance
de les vendre à un pareil prix.

Berthold, qui apprit de cette manière ce qu'il
ignorait, c'est-à-dire la promesse que les Messieurs
de la ville avaient faite à Michel d'assister
à la fête chez ses parents, en devint furieux. Il
attendit le lendemain Michel, quand celui-ci
sortit de la messe, il lui dit d'un ton insolent
que l'argent que ces riches Messieurs lui avaient
donné était une aumône, parce qu'ils savaient
que c'était un pauvre diable ; mais qu'ils s'étaient
moqués de lui en lui disant qu'ils assisteraient
à sa fête.

— Et que feraient-ils chez tes parents ? ajouta-
t-il : ils n'auraient pas même de chaises pour
s'asseoir.

Michel ne lui répondit rien et le quitta sur-
le-champ.

Le dimanche si impatiemment attendu arriva enfin. Christophe se rendit à la grand'messe avec son fils, dont l'apparition dans ses beaux habits excita la curiosité et la jalousie de tous les autres petits garçons du village.

— Il est aussi bien que Berthold, disaient les uns : c'est seulement dommage qu'il n'en ait aussi les biens.

— Ses habits lui vont mieux que ceux de Berthold, disaient les autres; il est plus joli garçon que lui, il est plus sage, il mérite qu'on s'intéresse à lui.

Cependant Magdeleine fit ses préparatifs à la maison. Elle couvrit de sa plus belle nappe la table du berceau, y porta les chaises en bois qu'elle avait soigneusement lavées, et plaça un beau bouquet au milieu de la table. Elle mit en broche trois poulets, fit un salmis de deux canards, fit des beignets, prépara un potage, un plat de légumes, une salade, quelques massepains, et voilà son dîner. Jamais telle abondance n'avait régné dans sa chaumière. Christophe en fut surpris. Mais personne ne parut plus content que Michel. Il soigna encore un peu le jardin, suspendit des guirlandes de verdure aux arbres, et mit partout des bouquets de fleurs, afin de rendre agréable aux Messieurs de la ville leur séjour dans le village.

Lorsque tout fut ainsi préparé, il mit son joli chapeau et monta sur la montagne pour voir arriver les personnes si vivement attendues. Il vit passer sur la route plusieurs voitures; mais toutes se dirigèrent vers le moulin, ce qui l'attrista un peu.

Onze heures et demie venaient de sonner à l'horloge de l'église, et personne n'arrivait. Triste et pensif, il descendit de la montagne et retourna à la maison. Le dîner était prêt, il ne manquait plus que les convives. Christophe et Magdeleine conçurent de l'inquiétude; Michel, au contraire, prétendit qu'ils viendraient sans faute. Et, en effet, on entendit tout à coup le bruit d'une voiture se dirigeant vers la rue dans laquelle demeurait Christophe. Michel sortit. Et quelle joie !... Il reconnut le secrétaire assis sur le devant de la voiture avec la petite demoiselle. Il salua, du plus loin qu'il le put, ce bon Monsieur, et fit signe au cocher d'avancer. Enfin la voiture s'arrête à la porte de la chaumière. Le même Monsieur que Michel avait rencontré dans la forêt en descendit donnant la main à une jeune dame qui portait un beau chapeau ombragé de plumes d'autruche et une robe de soie verte avec un châle fort long. Le secrétaire descendit aussi avec sa fille.

— N'est-ce pas? nous tenons parole, dit-il à Michel.

Puis saluant Christophe et Magdeleine, qui étaient accourus :

— Bonjour, braves gens, leur dit-il avec une touchante bonté, je vous amène votre nouveau seigneur, Monsieur le comte, qui vient d'être investi de la seigneurie de Mentenhausen, et sa noble épouse.

Le comte, montrant Michel, dit tout bas à
son épouse :

— Voilà le petit garçon si intéressant dont je
t'ai parlé.

Qui pourrait retracer la surprise et l'ivresse
de Christophe et des siens en entendant prononcer le nom du comte ? Ils n'osèrent presque pas
se montrer devant de si nobles personnages.
Eux, les derniers du village, être honoré de la
visite du seigneur de la contrée ! c'était trop de
bonheur ! La dame, qui vit l'embarras des deux
époux, s'approcha alors de Magdeleine. Celle-
ci allait se jeter à ses pieds ; mais la dame l'en
empêcha. Magdeleine lui baisa la main avec
respect, et s'excusa de son mieux, n'étant pas
préparée à recevoir de si illustres convives.

— Nous sommes venus, lui répondit la dame,
sur l'invitation de votre fils. Un aussi bon enfant
que celui-là doit aussi avoir de bons parents.
Ainsi ne nous enviez pas le plaisir que nous
allons goûter avec vous : je suis si heureuse de
voir le contentement de si braves gens que vous!

d'ailleurs ne vous inquiétez de rien, nous avons apporté notre dîner.

Pendant cette petite conversation, le secrétaire prit Michel par le bras et le conduisit à la voiture. Il ouvrit les deux coffres : dans l'un se trouvait le chat, dans l'autre le chien, qui s'élancèrent avec impétuosité de leur prison. A la vue de ces animaux, le pauvre enfant pâlit : il crut que le secrétaire, se repentant de les avoir achetés à un prix si élevé, les avait rapportés pour ravoir son argent. Christophe et Magdeleine partageaient cette crainte; mais le secrétaire les tira de tout embarras en disant :

— Monseigneur, sachant combien tu étais attaché à ces animaux, te les rend, mais bien entendu que tu garderas également les cent écus.

Michel avait les larmes aux yeux en entendant ces paroles; il alla droit au comte et lui baisa la main en signe de reconnaissance.

Deux domestiques descendirent un grand panier contenant des vivres, qu'ils portèrent à la cuisine pour les faire réchauffer. Ils mirent ensuite une belle nappe à la place de celle dont Magdeleine avait couvert sa table, déposèrent des cueillères d'argent avec fourchettes et couteaux, des assiettes de la plus belle porcelaine, et du vin exquis à la place de la bière. Christophe et sa femme regardaient tout cela avec une surprise toujours croissante.

— Servez maintenant le dîner, dit le comte ; car nous avons tous bien faim. Et vous, braves époux, vous allez vous asseoir, ainsi que votre fils, à notre table : vous serez nos convives.

— C'est trop d'honneur, répondit Magdeleine, ce serait le monde renversé ; comme c'est aujourd'hui fête chez nous, notre devoir est de servir Vos Excellences. Sans doute que notre cuisine ne vaudra pas la vôtre.

Point de façons, répondit le comte ; je sais que vous avez préparé plusieurs de mes mets favoris.

La fille du secrétaire récita la prière, et chacun prit sa place. Magdeleine servit le potage,

que tout le monde trouva fort bon, ainsi que le
bœuf. Les légumes, chargés d'un bon morceau
de porc salé et fumé, furent aussi loués ; le salmis de canards obtint surtout l'approbation du
comte, qui prétendait n'en avoir jamais mangé
de meilleur ; enfin la comtesse mangea de fort
bon appétit du poulet rôti ; ainsi que des beignets. On servit ensuite les plats délicats que la
noble famille avait apportés. Une gaîté franche
et cordiale assaisonna le petit repas : le caustique
secrétaire était ce jour-là d'une gaîté charmante
et faisait assaut de bons mots et de plaisanterie
avec le comte. Christophe, Michel et Magdeleine
se croyaient transportés dans un autre monde.

— Monseigneur, dit enfin Christophe, nous
sommes aujourd'hui les gens les plus heureux du
monde ; mais nous ne savons toujours pas par
quoi nous avons pu mériter un tel bonheur et
comment nous sommes parvenus à être mis en
possession d'une si grande somme d'argent pour
un pauvre chien et un chat maigre. Comment

5..

pourrons-nous jamais témoigner notre reconnaissance à nos bienfaiteurs ?

Le comte sourit.

— Il y a cinq jours, dit-il, que j'ai rencontré
dans la forêt votre fils au moment où il faisait sa
prière. Je le priai de me montrer le chemin de
Montenhausen ; la bonté qu'il y mit, l'heureuse
simplicité que je remarquai en lui, me touchè-
rent au point que je pris cet enfant en affection.
Je n'avais pas d'argent sur moi pour le récompenser du service qu'il m'avait rendu, j'écrivis
donc à M. le secrétaire Voyel, mon homme d'affaires en ville, le chargeant de payer cent écus
pour les deux animaux et de les garder jusqu'à
ce que nous pussions les rendre à son maître.
L'invitation de Michel à dîner, l'habit neuf qu'il
reçut, les qualités merveilleuses de ce chien et
de ce chat, tout cela est le fait de M. Voyel.

Christophe et Magdeleine jetèrent un regard
de reconnaissance tantôt sur le secrétaire, tantôt sur le comte. M. Voyel se mit à rire et dit
enfin :

— Je prie Son Excellence de ne plus faire attention à mes mérites dans toute cette affaire, ni aux vertus merveilleuses du chien et du chat ; car les premières n'existent pas, et les secondes sont de mon invention. Les plaisanteries que j'ai faites au marché sur les prétendues qualités de ces animaux m'ont causé beaucoup d'ennui. Je les ai inventées d'abord pour venger Michel du mépris que le public faisait de ce chien et de ce chat, et ensuite pour justifier le haut prix auquel je dus les acheter. Le lendemain, j'eus la visite d'une dizaine d'individus, hommes et femmes, qui me prièrent de leur confier le chien pour découvrir les voleurs dont ils prétendaient avoir à se plaindre. Mais le chat m'attira encore plus de monde ; beaucoup de personnes qui étaient à la veille de perdre leurs cheveux vinrent me solliciter de leur permettre d'arracher des poils à ce pauvre chat pour ne point avoir le désagrément de porter de perruque. Tous ces individus m'offrirent de l'argent ; bien entendu, je refusai. Le premier perruquier de la ville vint aussi et se jeta à mes pieds, me conjurant d'éloigner ce chat; sans cela, m'assura-t-il, il serait ruiné, ne vendant plus une seule perruque, puisque tout le monde se procurerait des poils du chat pour faire repousser les cheveux.

— Votre fils, reprit le comte, m'invita ainsi que M. Voyel, à la fête de votre village, et il y mit de telles instances que nous crûmes devoir nous y rendre. J'en informai mon épouse, qui aime ces petites excursions champêtres et à laquelle les médecins ont même recommandé de se procurer quelquefois le plaisir de la campagne. Elle voulut aussi nous accompagner, et nous avons eu lieu de nous applaudir d'être venus chez des gens aussi estimables que vous.

Tu as raison, mon ami, ajouta la comtesse, et je te remercie de m'avoir conduite ici. Jamais je n'éprouverai de plaisir plus pur que celui que je goûte au milieu de cette famille si digne d'intérêt et pour laquelle je professe avec toi la plus grande estime. Je voudrais pouvoir de temps en temps me trouver ici sous ce berceau où il me semble qu'on respire un air plus doux et où le cœur jouit d'un contentement plus parfait, loin de ces adulations du monde qui poursuivent les grands.

— Je suis aussi de votre avis, dit à son tour le secrétaire : le contentement dont jouissent ces braves gens au sein de l'humble médiocrité me paraît un trésor bien plus grand que ces fades plaisirs que l'on se procure, mais qui ne donnent point de véritable jouissance. C'est ici que l'âme, débarrassée de cette multitude de soucis qui accompagnent les honneurs et les places, se trouve, pour ainsi dire, dans son véritable élément. Je crois qu'il faudrait nous réunir quelquefois sous ce berceau pour être heureux quelques moments.

Christophe et Magdeleine passèrent ainsi plusieurs heures avec les nobles bienfaiteurs dans les entretiens de cette douce familiarité, qui, en confondant les rangs, sait cependant observer, d'une part, les égards dus à la position, et, de l'autre, sacrifier les dehors de l'opulence sans commettre de bassesse. On eût dit que le comte et

son épouse avaient déjà vu mille fois les pauvres
journaliers à la table desquels ils avaient daigné
s'asseoir, tant ils se montrèrent bons et affables.
Magdeleine racontait à la comtesse quelques traits
de sa vie, et la noble dame en était émue jusqu'aux larmes, lorsqu'on entendit l'arrivée de
plusieurs personnes se dirigeant vers la chaumière de Christophe. Un des domestiques arriva
en même temps et annonça que le bourgmestre
et les membres du conseil de la commune s'é-
taient présentés pour offrir leurs hommages à
Leurs Excellences.

Le comte leur fit dire d'entrer. A la vue de
cette table chargée de mets succulents, de belle
porcelaine, de cette argenterie, de ce luxe, le
bourgmestre ne put en croire ses yeux. Parmi
les personnes présentes se trouvait aussi le meunier, qui jeta un regard d'envie sur ces objets
qui offusquaient sa vue.

Le bourgmestre, après un préambule, s'ex-
pliqua enfin et dit que si on avait pu savoir que
M. le comte dût ce jour-là honorer la commune

de sa présence, on l'aurait invité avec madame
son épouse à un repas plus digne de lui et dans
une maison plus à même de les recevoir que la
chaumière d'un des derniers journaliers du village.

— Vous vous trompez, lui répondit le comte
en souriant : je ne suis pas venu ici pour faire
bonne chère, ni pour recevoir des hommages,
mais pour me récréer au milieu de ces gens droits
et simples, et j'ai cherché l'innocence et la fran-
chise.

— Pour ma part, ajouta la comtesse, je suis
heureuse d'avoir fait la connaissance de ces braves gens ; et, si tous les ménages de notre seigneurie ressemblent à celui-ci, nous nous ap-
plaudirons de plus en plus d'être venus nous
établir dans cette contrée.

Le bourgmestre, qui ne s'était pas attendu à
une telle réponse, ne jugea pas à propos de
continuer à dénigrer Christophe et son ménage,
et se retira confus ; mais on vit le dépit percer
dans ses traits. Celui qui se sentit le plus profon-

dément blessé sur la préférence que le comte et
la comtesse avaient donnée à un pauvre journalier, ce fut le meunier, qui, en sortant de la
chambre, se mit à gesticuler et à parler beaucoup de la singulière prétention que s'étaient
arrogée des gens qui, n'ayant rien, voulaient
traiter Leurs Excellences. Ces déclamations firent grand bruit au village, et le meunier continua à dire :

— Si du moins le comte était venu s'asseoir à
ma table, j'aurais pu le recevoir d'une manière
conforme à son rang; mais dîner chez un pauvre diable qui quelquefois n'a pas de pain à manger, cela me paraît le monde renversé. Christophe aurait dû mendier les bribes qui restaient
sur la table du comte au lieu de l'inviter. Que
prétend-il donc ? Nous verrons comment tout
cela finira.

Tous les gens sensés du village élevèrent au
ciel la belle action du comte, et se félicitaient
d'avoir pour seigneur un homme qui commençait ses fonctions par un acte de charité: car on

se doutait bien que c'était lui-même qui avait fait les frais du dîner.

La nuit commençait déjà à descendre sur la terre, lorsque le comte et son épouse songèrent à se retirer. Christophe, Magdeleine et Michel les accompagnèrent à la voiture, émus jusqu'aux larmes, et ne cessèrent de leur témoigner leur reconnaissance de l'honneur qu'ils leur avaient fait. Le comte leur fit ses adieux d'une manière qui frappa tout le monde, en leur serrant la main et en les invitant à aller le voir sous peu à Montenhausen ; ce qu'ils furent obligés de lui promettre. Ils partirent, et le secrétaire les suivit de près avec sa fille.

A peine étaient-ils partis que plusieurs bonnes femmes entrèrent chez Magdeleine, la pressant de questions sur l'insigne bonheur qu'elle avait eu de recevoir des personnages si distingués. Christophe, de son côté, reçut la visite des hommes de son quartier, qui ne montraient pas moins de curiosité que les femmes, pour savoir quel était le but de la visite de Leurs Excellences

A la vue des mets que le comte avait apportés
et dont il avait laissé les restes à la chaumière,
les femmes s'extasièrent. — Votre fête aura
aussi son lendemain, dit l'une d'elles à Magdeleine ; il vous a laissé encore de quoi manger
pendant plusieurs jours. Et comment avez-vous
fait pour attirer chez vous de tels hôtes ?

Magdeleine leur raconta l'histoire du chien et
du chat, à laquelle personne ne voulait ajouter
foi : toutes prétendaient qu'il y avait quelque
chose de caché là-dessous, et que Magdeleine
ne leur disait pas la vérité.

Lorsque ces commères et les hommes se furent
retirés, Christophe et les siens allèrent s'agenouiller aux pieds du Christ, pour remercier le
Seigneur des bienfaits qu'il avait daigné répan-
dre sur eux en ce jour. Michel dit ensuite :

— N'est-ce pas, mes chers parents, que nous
sommes bien aises de n'avoir pas repoussé ce
pauvre chien et d'avoir eu pitié de ce chat ? Sans
ces animaux je n'aurais pas été en ville, je n'aurais pas fait la connaissance de M. le comte, ni

de cet aimable secrétaire qui, tout en plaisantant, faisait faire du bien ; je n'aurais reçu ni les cent écus ni mon habit neuf, et nous n'aurions pas eu l'honneur de voir à notre table ces hauts personnages.

— Oui, répondit Magdeleine en élevant son regard au ciel, ce que Dieu fait est bien fait : heureux ceux qui sont miséricordieux ! car ils recevront miséricorde. Il est bon d'avoir pitié des animaux, qu'il ne faut jamais maltraiter : ce sont aussi des créatures de Dieu.

— N'oublions pas, ajouta Christophe, de bien remercier la sainte Vierge ; car, si tu n'étais pas entré à la chapelle pour y faire ta prière, tu n'aurais pas rencontré le comte, et son cœur ne se serait pas ému en ta faveur. Ainsi, mon fils, montre-toi reconnaissant envers cette bonne mère qui est si puissante auprès de Dieu et à laquelle son divin Fils ne refuse rien.

— Je l'ai déjà fait, répondit Michel ; j'avais aussi invité Marie à venir à notre fête. Elle y est venue dans la personne de la noble dame.

— Marie, ajouta Magdeleine, a daigné jeter un regard de miséricorde sur nous ; elle a touché le cœur de cette dame.

» Puisse Marie être toujours notre mère et notre protectrice ! puissions-nous mériter de lui être toujours fidèles et d'être mis au nombre de ses chers enfants !

— Ainsi soit-il ! dit Christophe en essuyant une larme.

Quinze jours après la fête, Christophe reçut une lettre du secrétaire Voyel, qui lui mandait que Son Excellence le comte l'attendait à Menthenausen avec le jeune Michel, pour s'entretenir avec lui sur différentes choses. Christophe et Michel partirent le lendemain, et furent très-bien reçus par le noble seigneur. Celui-ci dit au père, après avoir fait retirer le fils :

— Christophe, j'ai réfléchi sur votre position, ainsi que sur le sort de votre fils. Cet enfant a les meilleures dispositions et parait dévoré du zèle de l'étude. Savez-vous quel état il désirerait apprendre ?

— Je suis pénétré des bontés que vous témoi-
gnez à mon fils, Monseigneur ; mais je ne lui
ai jamais demandé quel état il désirait embras-
ser. Il sera probablement ce que je suis moi-
même.

— Je pense le contraire, répondit le comte,
et, d'après le vœu de mon épouse, je suis disposé
à payer pour lui les frais d'étude et à le placer
dans un collége. Je suis persuadé qu'il nous
fera un jour honneur, et qu'il comblera de joie
votre vieillesse. Mais il faut que vous vous en
priviez pour quelques années.

— Cette privation, Monseigneur, ne serait pas
un grand sacrifice pour moi, puisqu'il s'agit du
bien-être de mon enfant.

— Dans ce cas, et puisque nous sommes
d'accord, je placerai votre fils, à la rentrée pro-
chaine des classes, au même collége où j'ai été
élevé moi-même. Quand il aura terminé ses
études là, je l'enverrai à l'université pour qu'il
fasse son droit ; j'ai des vues sur lui.

On conçoit le plaisir que cette annonce cause

à Christophe, à son épouse et à Michel. Le comte
tint parole et fit appeler son petit protégé un
mois avant la rentrée des classes pour le faire
préparer par le précepteur de ses enfants. Il
lui fournit un trousseau complet et le recommanda vivement au directeur de l'établissement.
Michel se distingua bientôt et surpassa ses con-
disciples. La régularité de sa conduite et sa piété
exemplaire lui gagnèrent l'affection de ses maî-
tres, l'amour et l'estime de ses camarades. Il
revint chaque année chez ses parents passer une
partie de ses vacances, et chaque fois il apporta
des prix, témoignage des progrès qu'il faisait.

Pendant que Michel jetait ainsi, par sa conduite et par les connaissances qu'il acquérait, les
fondements de son avenir, Berthold, le fils du
meunier, parcourut une carrière fort différente.
Se fiant sur les richesses que ses parents devaient
lui laisser un jour, il n'apprit presque rien,
passa le temps de sa jeunesse à s'amuser, à
aller à la chasse, et se prépara par-là un triste
avenir. Le même penchant qu'il avait montré

pendant son enfance, à taquiner les animaux, il le conserva encore dans un âge plus avancé. Il se distingua de plus en plus par sa vanité, son orgueil, ses folles dépenses et son amour pour les plaisirs du monde. Il était toujours le premier aux fêtes de la contrée, étalant partout un luxe qui aurait convenu plutôt à un prince qu'au fils d'un meunier. Ses parents, gens faibles, n'eurent pas le courage de lui faire des observations ; bien plus, ils riaient de son inconduite et semblaient l'y encourager. Mais Berthold reçut un jour une leçon qui l'humilia beaucoup, sans toutefois le corriger.

Berthold avait assisté trois jours de suite à une fête où il s'était adonné à tous les plaisirs. Echauffé par les fumées du vin, et se soutenant à peine sur ses jambes, il descendit dans la cour au moment où le garçon d'écurie menait les chevaux à l'abreuvoir. Cédant à son penchant à molester les animaux, il s'approcha d'un cheval très-fougueux et lui donna des coups avec une baguette qu'il tenait à la main. Le cheval rua, Berthold fut renversé en jetant les hauts cris. On le porta dans sa chambre. Le chirurgien fut appelé, et, malgré tous ses soins, le jeune étourdi, qui était sur le point de se marier, fut obligé de garder le lit pendant près de deux mois, et demeura estropié pour le reste de ses jours.

Michel avait surpassé l'attente du comte, et se distingua à l'université comme il l'avait fait au collége. Il se fit recevoir docteur en droit, et fut promu à ce grade aux applaudissements de toute la Faculté, qui déclara n'avoir de longtemps vu d'élève aussi brillant.

De retour à Menthenausen, le jeune docteur alla aussitôt trouver le comte, qui lui fit connaître ses vues sur lui, mais il lui dit avant d'entrer en fonctions :

— Il faut que vous alliez faire quelques voyages, car rien n'est plus en état d'instruire la jeunesse que les voyages. J'ai pourvu à vos dépenses : voilà mille écus. Je laisse à vos soins le choix des pays que vous devez parcourir.

Michel reçut avec une vive reconnaissance cette nouvelle marque de faveur du comte, et lui dit qu'il lui rembourserait cet argent quand un jour il serait en état de faire des économies.

— Oui, vous me le rembourserez, dit le noble seigneur, par les services que vous me rendrez un jour. Mes sujets ont besoin d'un homme vertueux, éclairé, zélé, actif, et je suis persuadé que vous justifierez ces espérances comme vous les avez justifiées jusqu'à ce jour.

Michel partit donc et parcourut une grande partie de l'Allemagne, de la France, de la Suisse, de l'Italie, s'enrichissant partout de connaissances, et conservant sa foi et sa pureté. Dix-huit huit mois après il revint dans sa patrie, et le comte, après avoir pris l'agrément du prince, le nomma juge de son comté.

Grand fut l'étonnement des habitants du village lorsqu'ils virent ce pauvre Michel, le fils de Christophe et de Magdeleine, occuper la première charge du pays, et cela à un âge en-

6

core peu avancé ; car le juge avait à peine trente
ans lorsqu'il fut investi de la haute confiance de
son seigneur. Celui qui fut le plus vivement
blessé de cette préférence, ce fut Berthold, qui
avait succédé, dans leurs biens, à ses parents,
que la mort avait enlevés. Il ne put se faire à
l'idée d'avoir pour supérieur celui qu'autrefois il
avait maltraité.

Michel remplit ses importantes et délicates
fonctions avec une impartialité qui lui concilia
l'estime et la confiance de tout le monde. Ses
parents demeuraient avec lui ; il les entourait de
soins et les soulageait dans leurs infirmités. Par
sa sage administration, le pays prit bientôt un
aspect plus calme et plus florissant. Il s'efforça de
prévenir les procès, si ruineux pour les familles,
en réconciliant ensemble, sans leur causer des
frais énormes, ceux qui, quelquefois, pour des
choses de peu de conséquence, se disputaient et
s'injuriaient.

Témoin de son zèle et de son intelligence, le
comte le consulta souvent sur une foule d'amé-

liorations à introduire dans le pays. Une police plus active fut établie dans les communes pour arrêter les vagabonds, les gens sans aveu et les voleurs ; des routes furent percées, des ponts construits, des marais desséchés, des arbres plantés le long des chemins. Michel fut l'âme de toutes ces entreprises, le conseiller le plus fidèle et le plus intègre du comte ; il dirigeait souvent lui-même les travaux qu'on exécutait, et payait ainsi, par le bien qu'il opérait, les dettes qu'il avait contractées envers son noble seigneur.

Lorsque quelquefois, assis au foyer domestique entre ses vieux parents, il jetait un regard sur le passé, il lui semblait rêver de se voir placé si haut, lui, pauvre fils d'un journalier. Et quelle était la cause de son élévation ? Ce fut, d'une part, sa piété filiale, et, de l'autre, sa commisération pour les animaux.

— Qui aurait cru, disait-il à ses parents, que ce chien et ce chat que j'ai autrefois soustraits à la fureur de leurs persécuteurs dus-

sent devenir l'occasion de mon bonheur? Oh !
que la Providence est grande !

Quoique élevé à une si haute dignité, Michel
n'oublia jamais l'état de ses parents. Toujours
humble et modeste, il aimait les pauvres, leur
fit du bien, les soulagea de son mieux, et édifia
ceux qui le connaissaient.

Dix ans s'étaient écoulés dans l'exercice de
ses fonctions lorsque le comte invita un jour
Michel et ses parents à un repas qu'il donna à
tous les fonctionnaires de son comté. Quoique
le juge fût un des convives les plus jeunes de la
société, il fut placé à la droite de la comtesse.
Lorsqu'on fut arrivé au dessert, un des domestiques entra et lui présenta sur un plat d'argent
un rouleau de papier. Le juge, croyant que
c'étaient des ordres que lui adressait le minis-
tre de la justice du royaume, l'ouvrit sans aucune
façon. Quel fut son étonnement lorsqu'il aperçut
un parchemin dans lequel était renfermée une
croix que le prince lui envoyait, avec une lettre
très-flatteuse, pour le récompenser des services

qu'il avait rendu au pays ! En même temps les
trompettes sonnèrent des fanfares ; le comte, la
comtesse et tous les convives se levèrent, firent
retentir l'air de leurs acclamations, et portèrent
un toast à la santé du nouveau chevalier. La
comtesse voulut elle-même lui attacher la croix.
Michel et ses vieux parents fondaient en larmes ;
jamais ils ne se seraient attendus à un tel honneur. Lorsque chacun eut repris sa place, et que
le silence fut un peu rétabli, le comte dit avec
émotion :

— Si l'homme de bien trouve déjà sa récompense dans le souvenir des services qu'il a
rendus à sa patrie, il n'en est pas moins vrai
que la société doit lui tenir compte du bien qu'il
a opéré : le monarque, digne appréciateur du
zèle des fonctionnaires à remplir leurs devoirs,
a dû être instruit de tout ce qu'a fait pour le
bien de ses concitoyens un magistrat qui, jeune
encore, a déjà si bien mérité de son pays. Je
suis sûr que tous les hommes honorables ici

6.

présents applaudiront aux vues de ce prince, et que cette décoration qui brille depuis quelques instants sur la poitrine de notre digne juge ne trouvera que des approbateurs, et pas un seul envieux.

Ces paroles furent couvertes d'applaudissements universels, et ce que ce noble seigneur avait si bien exprimé, l'acte du monarque fut approuvé sans qu'un seul sentiment de jalousie s'y mêlât, tant il est vrai que le mérite du juge fut reconnu.

Après le dîner, la société se rendit au jardin pour prendre le café. Le nouveau chevalier y fut l'objet de l'attention la plus délicate de tout le monde. Le comte le prit par le bras et lui parla de plusieurs projets qu'il désirait encore réaliser avant de céder son comté à son fils aîné, jeune homme qui donnait les plus belles espérances. Pendant qu'ils se promenaient et s'entretenaient ensemble, ils arrivèrent à la grande grille du jardin, et virent un individu, s'appuyant sur une béquille et leur demandant l'aumône.

Le juge tira sa bourse et présenta une pièce de monnaie au pauvre. Celui-ci retira la main, ne pouvant se décider à recevoir l'aumône qu'on lui offrait. Le juge surprit ce mouvement, regarda le mendiant, et reconnut Berthold, son ancien persécuteur.

— Ciel ! s'écria-t-il, serait-il vrai ?... est-ce bien vous, Berthold ?

Le mendiant, honteux, se serait caché sous terre s'il avait pu, mais surmontant sa honte :

— Oui, Monsieur, c'est moi. Je suis ce Berthold qui vous maltraita tant autrefois. Qui aurait pu prévoir alors qu'un jour vous dussiez me faire l'aumône ? Je suis cruellement puni de mon orgueil. O mon Dieu ! vous êtes juste dans vos jugements !

— Et comment avez-vous fait pour devenir si malheureux ?

— Je vous le dirai, Monsieur, si vous voulez m'écouter. « Après la mort de mes parents, me voyant maître de la belle fortune qu'ils m'avaient laissée, je ne mis plus de bornes à mes dépenses.

Malheureusement la femme que j'épousai eut les mêmes goûts que moi et dépensa de son côté. C'étaient chaque jour des repas, des fêtes, des excursions. Il me naquit six enfants. La vie licencieuse que je menais épuisa mes revenus, je fus obligé de faire des dettes. Je trouvai des hommes complaisants qui me prêtèrent de l'argent tant que j'en voulus, bien entendu à de très-gros intérêts. L'habitude de la bonne chère et du jeu était tellement enracinée en moi qu'elle devint une seconde nature. Je continuai mes dépenses, et de temps en temps je vendis un champ, une prairie, pour satisfaire les créanciers qui me poursuivaient sans cesse. Il me restait encore mon moulin, que je n'exploitais plus, personne n'ayant sa confiance dans les domestiques auxquels j'abandonnais mes affaires. Mes enfants eurent les mêmes défauts que moi, surtout celui de maltraiter les animaux. Mon fils aîné, enfant d'un caractère sauvage et brutal, s'amusa un jour à torturer un chat, et pour couronner cette méchanceté, il enduisit sa queue de poix, à laquelle il eut la cruauté de mettre le feu. Le pauvre animal se sauva au grenier et mit le feu à la paille qui y était entassée. Deux heures après, le moulin et tous les bâtiments adjacents étaient réduits en cendres, malgré tous les secours qu'on apporta pour se rendre maître du feu. Alors, n'ayant pas les fonds nécessaires pour rebâtir l'habitation de mes ancêtres, je fus exproprié par mes créanciers et réduit à la misère. Oh! quand la mort arrivera-t-elle pour mettre un terme à mes maux! Et ma femme, et mes pauvres enfants, que deviendront-ils? »

Et Berthold se couvrit la figure des mains pour cacher ses larmes.

Cet aveu sincère fit une pénible impression sur Michel, qui reconnut dans cette suite de malheurs un juste châtiment du Seigneur. Touché de compassion envers le pauvre Berthold, il ne lui fit point de reproches, lui demanda où il demeurait, et lui promit d'aller le voir.

Le lendemain, le juge se rendit au village où

Berthold et sa famille s'était établis. Ce fut le cœur navré de douleur qu'il entra dans la misérable chaumière où étaient entassés six enfants et une femme infortunée, tout couverts de haillons et manquant du nécessaire. L'aspect de tant de misère toucha le juge au point qu'il ne put retenir ses larmes. Il parla à cette mère avec une telle bonté qu'elle lui révéla tous les secrets et lui confia encore bien des choses que Berthold, malgré son apparente sincérité, n'avait point dites. Michel reconnut que le meunier était plus coupable que son épouse, et que ses débauches étaient la cause réelle de ses malheurs.

Le juge se mit à réfléchir quelques instants.

« Il ne s'agit pas d'un secours momentané dans cette triste circonstance, se dit-il, il faut faire plus et tarir, s'il est possible, la source de cette profonde misère. »

Il laissa cependant encore quelques secours en argent, et s'éloigna ensuite, promettant de revenir dans quelques jours.

A son retour, il trouva la famille un peu plus

calme ; Berthold était aussi présent. Il leur annonça que, s'étant concerté avec ses parents, il allait leur céder la maison, le petit jardin et le champ que ceux-ci lui avaient laissés, et que, comptant sur leur travail et leur bonne conduite, il espérait qu'ils se trouveraient plus heureux.

Berthold, humilié, reçut avec reconnaissance cette faveur de celui qu'il avait autrefois tant persécuté. Il promit de s'amender, de bien élever ses enfants et de réparer, par une vie chrétienne, ses fautes passées, et il tint parole.

Le juge adopta, en quelque sorte, cette famille, et alla souvent y passer des heures bien douces pour son cœur. Ses exhortations ne restèrent pas infructueuses : il eut la consolation de voir la piété et les bonnes mœurs refleurir avec une petite aisance là où régnaient naguère l'absence de toute religion, l'immoralité avec le cortége hideux des vices et de la misère la plus abjecte. Le peuple, témoin de l'élévation de l'un et de l'abaissement des autres, appliqua à ces deux hommes ces paroles des saintes Ecritures:

« Le Seigneur a déposé les puissants et a élevé les humbles. »

Berthold mourut quelques années après; mais sa famille se réhabilita peu à peu et regagna l'amour de ses concitoyens.

Limoges. — Imp. Marc Barbou et Cⁱᵉ.

DEFET D'IMPRIMERIE TROUVE DANS LA RELIURE

interdire provisoirement la sonnerie. Le Curé devra se conformer à cette interdiction et en prévenir l'Évêque.

## Art. 9

Les cloches ne pourront être sonnées pour aucune autre cause que celles ci—dessus prévues, sans qu'il en ait été référé par le Maire au Préfet, par l'intermédiaire du sous—Préfet, et par le Curé à l'Évêque, et sans qu'il soit intervenu une décision des deux autorités supérieu—res qui se concerteront à cet effet.

## Art. 10

Toute disposition contraire au présent règlement est et demeure abrogée.

Fait à Limoges le 10 Février 1885.

www.ingramcontent.com/pod-product-compliance
Lightning Source LLC
Chambersburg PA
CBHW060841250626
47162CB00005B/2130